# Ein indisches Mädchen

## Roman

## MARGARETE DORN

BoD - Books on Demand, Norderstedt

Inhalt

Die Geschichte eines Mädchens, das auf der Schattenseite Indiens geboren wurde und ihr Leben mit Zuversicht und Optimismus meistert.

Ihr scheint zu glücken, ihr Elend auszublenden und ein zufriedenes Leben zu führen...


Über die Autorin

Die Diplom-Sozialarbeiterin Margarete Dorn arbeitet seit vielen Jahren in Mönchengladbach. Nach ihrem Studium, einer Ehe, einer Scheidung und vier Jahrzehnten Karate vollendete sie ihr erste Buch,

Kristel- Es ist in uns.

Seit 2023 ist der Roman "Ein indisches Mädchen" überall zu erhalten.

1. Auflage, 2023

Herstellung und Verlag: BoD – Books on
Demand, Norderstedt
ISBN: 9783734728112

loewin16@alphafrau.de

www.margaretedorn.wixsite.com

FÜR MEINE
SCHWESTER HELGA

# Kapitel 1  Zwischen Pappkarton und Löcherdecke

Das Loch. Das beißende Loch. Es fraß sich immer weiter, wurde größer und strahlte wie ein messerscharfer Dolch in ihre Eingeweide. Sie presste ihre Hände auf den Unterbauch. Der Schmerz war höllisch. Stechend, reißend, klaffend, mitten in ihrem Bauch. So war es jeden Morgen. Sie kannte es nicht anders und dies würde sich, dessen war sie sich sicher, nie ändern. Nie. Dieser quälende, tiefliegende Schmerz in der Mitte ihres zarten Körpers. Warum gewöhnte sie sich nicht daran? Sie versuchte, diesen stetigen Begleiter zu ignorieren. Erfolglos. Wieder mal vom Hunger geweckt. Rati hatte immer Hunger

– täglich. Sie konnte sich nur schwach daran erinnern, dass das einmal anders war. Sie, dessen war sie sich durchaus bewusst, war selber dafür verantwortlich, dass sie hungerte. Würde sie mehr arbeiten, hätte sie auch genug zu essen. Sie war selber schuld. Das war ihr klar. Mit einer fahrigen Bewegung streifte sie ihre durchscheinende, löchrige Decke ab und erhob sich von ihrer Pappkartonunterlage, die auch schon einmal bessere Tage gesehen hatte. Diese beiden Teile, Decke und Karton, waren, neben ihrem mittlerweile zu kleinen, kurzen Kleid und den abgelatschten Flipflops, ihr einziger Besitz. Sorgfältig legte sie die beiden Kostbarkeiten zusammen und versteckte sie hinter einem Haufen Bauschutt, der dort überall herumlag.

Gestern hatte sie nicht arbeiten können. War nicht ihre

Schuld. Sie war zur falschen Zeit am falschen Ort gewesen. Sie war Zeugin geworden, wie sich Liem erst mit einem Kunden, dann mit einem korrupten Polizisten gestritten und anschließend sogar geprügelt hatte. Er hatte sie gesehen und ihr ein Zeichen gegeben, damit sie abhauen konnte und nicht auch noch erwischt wurde. Da hatte sie aber mal richtig Glück gehabt. Gut das Liem so gutherzig war und ihr ein Zeichen gegeben hatte. Sie hatte solche Angst gehabt und sich deshalb nicht getraut, später nochmal zurückzukommen. Aber für die Müllhalde war es da auch schon zu spät. Sie arbeite schon seit vier Jahren für Liem und wusste, dass er ganz schön heftig zuschlagen konnte, wenn sie nicht spurte. Hoffentlich schlug er sie nicht, weil sie nicht zurückgekommen war. Sie würde ja niemanden was sagen. Wie auch? Wem sollte sie auch was sagen? Hoffentlich ließ er sie heute wieder arbeiten und war ihr nicht böse.

Rati wusste, dass es in Indien eine Schulpflicht gab. Deshalb war sie, immer wenn sie durch die Straßen Surats lief, auf der Hut. Sie war dieser Verpflichtung noch nie nachgegangen. Wenn man sie erwischen würde, würde sie sicher hart bestraft werden, könnte ihrer Arbeit nicht mehr nachgehen und würde verhungern. Ein paar Stunden später traf sie Liem, ihren Zuhälter, mit einem dicken geschwollenen Auge und einigen Blessuren am Körper. Er war ihr tatsächlich nicht böse und ließ sie wieder arbeiten. So ein Glück.

Spät am Abend war Rati todmüde, erschöpft aber satt. Seit Langem mal wieder, richtig satt. Vier

Kunden war kein schlechter
Schnitt, wenn auch etwas wenig.
Dafür hatte Ratis letzter Freier,
ein rosaroter, fetter Engländer
mit Sommersprossen, sie mit
Süßigkeiten vollgestopft. Richtig
leckere, aus England! Hmm. Die
Bonbons klebten an ihren Zähnen.
Zäh und unheimlich süß. Paradie-
sisch. Sie durfte süße Limonade,
einen Hamburger und kleine süße
Feigen essen. Eines der leckeren
Karamellbonbons befand sich noch
immer von ihren Fingern fest um-
schlossen in ihrer Faust.Für
morgen! Einmal nicht mit dem
schwarzen Höllenloch erwachen.
Ihre Pappe und die Decke waren –
der Götter Dank - da, wo sie sie
am frühen Morgen versteckt hatte.
Rati zog ihre fadenscheinige
Decke über die dünnen Schultern
und fiel augenblicklich in einen
tiefen Schlaf.

## Kapitel 2 Sadhana, die Angebetete

Sadhana, der kleinen Prinzessin aus gutem, vornehmen Hause, erwachte durch die ersten Sonnenstrahlen, die wie leuchtende Finger durch das bunte Fensterglas tanzend auf ihr Bett fielen, zum Leben. Ihre Seidendecke glitt mit Leichtigkeit, wie von alleine, zurück. Sadhana erschien in einem leuchtend gelben, seidenen Nachtgewand. Sie schlüpfte in ihre kleinen, mit Perlen geschmückten Pantoffeln und flitzte in das Esszimmer. Vater und Mutter saßen am runden, üppig gedeckten Tisch. Mama in einem dunkelblauen, seidenen Sari und Vater in einem weißen schicken Sommeranzug aus feinstem Leinen.

»Meine Prinzessin!« Mama breitete die Arme aus und umschloss Sadhana. Sie duftete nach Jasmin und gab ihrer einzigen Tochter einen Kuss auf die Stirn.

»Mein Augenstern, möchtest du ein Küchlein?« Papa gab seiner Tochter ein Sahneküchlein vom opulent geschmückten Beistelltisch. Mit großem Appetit verspeiste sie es genüsslich. »Wo will meine Prinzessin denn heute hin? Möchtest du heute reiten? Auf einem weißen Pony?«

Sadhana nickte begeistert. Oh ja, was für eine tolle Idee. Sie, Mama und Papa, fuhren mit dem großen silberglänzenden Wagen zu den Pferden. Aufgeregt aß Sadhana die ganze Fahrt über Karamellbonbons aus England.

Abends schlief sie, unter ihren weichen, seidenen Lacken, lächelnd, satt und glücklich ein.

# Kapitel 3  Ratis Leben

Beseelt von ihren Träumen erwachte Rati an diesem heißen Morgen. Kein schwarzes Loch heute. Sie setzte sich auf und schaute panikerfüllt in ihre Hand. Das Bonbon! Das Bonbon war weg! Wo war es? Mit großem Schrecken streifte sie ihre Decke zur Seite und und suchte die Kostbarkeit aus dem fremden abendländischen Land. Da! Sie saß fast drauf. Puh. Langsam packte sie es aus, zog den Karamellduft tief ein und legte die kostbare Süßigkeit mit geschlossenen Augen auf ihre Zunge. Hmmm. Göttlich. Ja, das musste eine Götterspeise sein. Sie lutsche mit angehaltenem Atem. Welch ein Gedicht. Genüsslich zerdrückte sie den

weichen Karamell mit ihrer Zunge
an ihren Gaumen. Er blieb kleben
und löste sich erst wenige Sekunden später. Sie hätte das den
ganzen Tag machen können, aber
leider, leider löste er sich viel
zu schnell auf. Schade, weg war
er. Sie musste los. Auf keinen
Fall wollte sie Liem einen Grund
geben, sauer auf sie zu sein.
Ohne Arbeit würde sie verhungern.
Auf der Straße, die zur Müllhalde
führte, entdeckte sie immer mal
wieder verhungerte Menschen.
Viele Kinder. Rati würde nicht so
enden. Sie arbeitete hart. Ihr
würde sowas nicht passieren. Ihr
nicht. Also, auf zum Anschaffen.
   Liem hatte aber leider an
diesem und an dem darauf fol-
genden Tag keine Arbeit für sie.
Ob Liem ihr extra keinen Freier
gab? Hatte Rati ihn verärgert?
Wollte er sie bestrafen? Für was?
Oder war wirklich keine Kund-

schaft für eine fast Vierzehnjäh-
rige da, die aussah wie elf?

Zwei Tage später lief Rati erneut
zu Liem. Sie hatte am Tag zuvor
nichts verdient und somit auch
nichts gegessen. Sie lief schnurstracks zu den Straßen, wo die
Touristen frühstückten. Liem
würde vielleicht wieder einen
Ausländer finden, den er Rati als
Jungfrau verkaufen konnte. Das
war ihre Spezialität. Sie machte
dann auf schüchterne Jungfrau.
Sie wurde mit zehn Jahren von
Liem auf der Straße angesprochen
und später an einen dicken Amerikaner für sexuelle Dienste ver-
mittelt. Sie ahnte damals nicht,
was auf sie zukommen sollte.
Heute, vier Jahre danach, wusste
sie genau, was diese Männer wollten. Liem brachte sie hinter
einem Vorhang. Dort befand sich
eine Schüssel mit sauberem Wasser

und ein Handtuch. Rati wusch sich und zog das saubere, zu enge und zu kurze Kleidchen aus, nur um eine ebensolches, aber sauberes, neueres und schöneres anzuziehen. Ihre Haare durfte sie sich kämmen und bekam zum Schluss eine Schale lauwarme Nudelsuppe. Liem war so lieb. Er gab ihr die Suppe schon vor der Arbeit. Langsam schluckte sie die warme Flüssigkeit und genoss, wie sie ihre Kehle herunterrann. Die ganze Hütte roch nach dieser Suppe.

»Ok, ok Rati, du weißt Bescheid. Gutgläubig und lieb bist du. Verstanden? Dann, wenn er loslegt, strampelst du und schreist.«

»Ja, ja ich weiß Bescheid.« Rati rollte mit den Augen.

»Bin doch keine Anfängerin! Ich bekomme dann aber mehr zu essen! Und nicht nur Nudelsuppe!«

»Halt die Klappe, sonst
kriegst´e eine rein!«

»Aber ich habe Hunger. Ich habe
seit vorgestern nichts mehr
gegessen!«

»Weil du ein faules Miststück
bist. Ich weiß nicht, warum ich
dir immer wieder n´en Stecher
besorge. Wenn du mehr essen
willst, dann arbeite mehr. Ich
kann schließlich nichts verschenken. Muss selber klar kommen. Ich
geb dir ja schon mehr als den
anderen Mädchen.«

Da hatte Liem auch wieder
recht. Allerdings wusste Rati
genau, wie viel die fremdländisch
aussehenden Männer für sie zahl-
ten. Und sie bekam nur eine Mahlzeit pro Freier, manchmal auch
ein paar Rupien. Sie hatte
dagegen auch schon mal protes-
tiert. Wurde dafür aber nur verprügelt und musste als Strafe
einen Tag ohne Bezahlung, sprich

Essen, arbeiten. Hoffentlich gab
der Mann ihr Süßigkeiten. Das
taten sie oft. Vorher und nach-
her, manchmal sogar während-
dessen. Trotzdem war es ekelhaft
und es fiel ihr nun wirklich
nicht schwer, zu schreien, zu
strampeln und zu weinen. Es war
nur so verdammt anstrengend und
es tat immer wieder weh. Daran
konnte sie sich einfach nicht
gewöhnen.

Aber heute hatte sie Glück. Ein
Australier buchte sie den ganzen
Tag. Das bedeutete, wenn sie es
geschickt anstellte, und das
konnte sie, würde sie heute
wieder richtig satt werden. Der
Tag war lang. Aber, wieder mal
hatte Rati Glück. Der Mann wollte
sie doch tatsächlich eine ganze
Woche mieten. Welch ein Glück!
Eine Woche satt essen und in
einem richtigen Bett schlafen.
Süßigkeiten und kleine Geschenke,

die sie allerdings Liem geben musste. Das leckere Essen konnte ihr Liem aber nicht wegnehmen.

Die Woche war leider viel zu schnell um. Sie war nun rechtschaffen müde, wund aber - und das war das Wichtigste - satt. Eine Woche lang brauchte sie nicht zu hungern.

Nun lief sie zu ihrem Versteck. Hoffentlich warteten ihre Sachen auf sie. Gestohlen wurde nämlich sehr viel unter den Ärmsten der Armen. Welch ein Glück! Alles war noch da!

Das Schicksal meinte es gut mit Rati. Schnell huschte sie zu ihren Schlafplatz. Ihre Pappmatte breitete sie sorgfältig aus und legte sich nieder. Die neuen Flipflops, ein Geschenk des Australiers, schob sie lächelnd und ganz vorsichtig am Kopfende unter ihre Pappe. Liem hatte mit den Flipflops nichts anfangen können. Sie waren rosa und ihm viel zu klein, passten aber super zu ihrem neuen rosaroten Rock. Der Rock war lang und sehr bequem. Mit ihrer dünnen, löchrigen Decke bedeckte sie ihren geschundenen Körper. Rati schloss ihre Augen und sank in ihre Traumwelt zu Sadhana.

Die Strahlen der Morgensonne schienen schräg in Sadhanas großes Schlafzimmer und kitzelten ihre Nase. Sie schlug freudig ihre seidene Decke zurück. Vor dem Bett standen ein paar Pantoffeln aus Seide mit einem schneeweißen Federpuschel, in die sie hineinschlüpfte. Ihr Schlafgewand, diesmal aus weißem Leinen, war luftig und locker. Sie zog es aus, um in eine große runde Wanne mit lauwarmen, schäumenden Wasser zu steigen. Der Schaum umspülte ihren makellosen Körper und verbarg dezent die ersten Anzeichen einer sich zu einer Schönheit entwickelnden jungen Frau. Nachdem eine Dienerin ihr beim Anlegen eines mit Blumenmuster geschmückten seidenen Sari geholfen hatte, begab sie sich zum Frühstück.

Kurkuma Goldmilch, Gebäck, Süßigkeiten, Obst, der ganze Tisch war voll. Ihre Mutter, eine wunderschöne indische Ex-Schönheitskönigin mit auffallend heller Haut, nahm Sadhana in die Arme. »Meine Prinzessin. Hast du gut geschlafen? Hier ein Stück vom süßen Gebäck. Iss so viel du möchtest.«

»Ja, Mama.« Zufrieden schaute sie auf das große runde Tablett mit den unzähligen kleinen Schüsseln delikater Kleinigkeiten.

»Guten Morgen, Papa.«

»Guten Morgen, mein Augenstern.« Der graumelierte, schlanke Brahmane küsste seine

Tochter zart auf die Stirn.
»Heute gehe ich mit dir Elefanten reiten.«

Sadhana applaudierte. »Au ja, auf einen Weißen. Bitte Papa. Geht das?«

»Wir werden sehen. Nun frühstücke erst einmal, nach der Schule werden wir weiter sehen.«

Sadhana war glücklich. Ihr Papa würde alles für sie tun. Er hielt immer seine Versprechen.

Nach der Schule - sie war eine ausgezeichnete Schülerin - fuhr sie mit ihren Eltern zum Elefantenreiten. Natürlich auf einem Weißen.

Müde vom ereignisreichen Tag zog sie spät abends ihr Leinenhemd zum Schlafen an. Diesmal ein rotes. Die Pantoffeln ordentlich vor ihr hohes Bett gestellt schlüpfte sie unter die golddurchwirkte, seidene Bettdecke und schlief augenblicklich ein.

# Kapitel 4 Das Waisenkind

»Mensch! Geh raus! Die räudige Katze verscheuchen! Das Wimmern nervt. Scheuch sie weg! Mach schon, elendes, nichtsnutziges Weib!«, brüllte Pradeep ungehalten.

Das *Weib*, mit dem schönen Namen Zarina stand müde vom Nachtlager auf und trat vor die Tür, um das wimmernde Katzenvieh zu verscheuchen, bevor ihr Ehemann seine Wut an ihr auslassen würde. Sie ging die drei Schritte in Richtung der Kreatur, die in hoher Frequenz quiekte. Gerade als sie diesem hässlichen Biest einen Tritt versetzen wollte, erkannte Zarina, dass es sich um ein neugeborenes Baby handelte. Etwas weiter in der Dunkelheit erkannte sie einen

leblosen, kleinen Körper, der
wohl der unglücklichen Mutter
gehören musste, die ihr Leben bei
der Geburt eines neuen Lebens
verloren hatte. Der Größe und
Statur nach zu urteilen, war die
Mutter selber noch ein Kind
gewesen. Ein Kind, das ein Kind
gebar. Unmittelbar neben der
Müllkippe.Hier in den Slums
wahrlich nichts Ungewöhnliches.

»Pradeep«, rief sie mit
schriller Stimme, »Pradeep, das
ist keine Katze. Das ist ein Baby.«

»Na und? Lass es krepieren,
wenn die Mutter es nicht wollte,
wieso dann sonst jemand? Die weiß
schon, warum sie es wegschmeißt.
Sicher krank. Schmeiß es auf die
Kippe.«

Zarina hob den Säugling auf
und wickelte ihn in ein dünnes
Tuch. Es wäre ein Leichtes,
diesen Säugling auf die Müllkippe

zu schmeißen. Niemand interessiert sich für tote Babys, erst recht nicht für ein weibliches. Auch nicht für große, tote Mädchen am Rande eines Slams. Oder überhaupt für tote arme Menschen.

»Ein Mädchen!«, ZarinasStimme überschlug sich.

»Umso schlimmer. Lass es liegen!«

»Nein! Ich glaube, dahinten liegt die Mutter!« Zarina ging vorsichtig zu dem zusammengekauerten Häufchen Mensch. Ein junges Mädchen, vielleicht zwölf, höchstens vierzehn Jahre, lag da - Blut zwischen den Beinen und einfach auf der Straße. Sie gab keinen Ton von sich. Sie atmete nicht. Sie war tot. So jung! Zarina schaute sich das Mädchen nur kurz an. Dann sah sie wieder auf den schreienden Säugling und ging in die Hütte zurück.

»Können wir sie nicht behalten?« Zarina schluckte.

»Bist du verrückt? Ein Mädchen? Die machen nur Schwierigkeiten! Und wie sollen wir sie verheiraten? Hast du so viel Mitgift? Oder glaubst du, die wird uns einer abkaufen?« Seine Augen bekamen plötzlich einen seltsamen Glanz.

»Ja, wir können sie doch verkaufen, wenn es so weit ist. Wenn sie größer und älter ist. Gibt bestimmt einen guten Preis. Sei nicht dumm.« Zarina versuchte, ihrem Mann das Kind schmackhaft zu machen. Sie waren kinderlos geblieben. Das war ihre Chance. Wenigstens ein Mädchen zu haben.

»Nein! Das bringt doch nichts! Ich will mit dem Balg nichts zu tun haben! Leg sie neben ihrer Mutter und nun lass mich schlafen!« Das Leuchten aus seinen

Augen erlosch, so schnell es
erschienen war.

Zarina dachte nach. Dieses Kind
brauchte eine Amme. Sofort.
Schnell rannte sie zu Gowri,
einer Freundin, die ihr Kind vor
nicht einmal einer Woche verloren
hatte. Gowri hatte das Kind bis
zuletzt gestillt. Dann war es
immer dünner geworden, krank und
starb. Da sich in den Slums
keiner einen Arzt leisten konnte,
hatte man den kleinen Jungen im
Fluss entsorgt. Gowri hatte vielleicht noch etwas Milch und würde
dem Baby etwas geben, damit es
die Nacht übersteht, denn das
Wimmern wurde schon leiser. Vielleicht behielt sie ja die Kleine?
Sonst würde ihr nichts anderes
übrigbleiben, als es in den Fluss
oder auf die Müllhalde zu schmeißen. Da, wo ihre Mutter spätes-
tens morgen früh ohne Zweifel
landen würde.

An der Wellblechhütte ihrer
Bekannten angekommen, klopfte sie
erst leise, dann aber lauter und
fordernder.

»Was? Was ist los? Wer ist da?«
Verschlafen öffnete Gowri ihre
schiefe, rosarote Tür. »Was
willst du denn? Mitten in der
Nacht? Bist du verrückt? Hat dich
dein Mann endlich verstoßen? Ich
hab´s dir ja gesagt.«

»Nein, nein. Aber er wird es
sicher, wenn du mir nicht hilfst.
Schau mal!« Zarina zeigte den
Inhalt ihrer dünnen Decke. »Es
ist ein Mädchen. Ich habe es
gefunden.«

»Gefunden? Willst du mich ver-
arschen? Wo findet man denn Neu-
geborene? Auf der Straße? Um die
Uhrzeit?«

»Ja. Kein Witz. Die Mutter,
selber noch ein Kind, lag dane-
ben. Tot. Bei mir vor der Tür.

Ich dachte, das Gejammer käme von einem liebestollen Kater. Aber nein, es war dieses kleine, unschuldige Wesen.«

»Komm erst mal rein. Du weckst ja die ganze Nachbarschaft auf.« Sie schaute das winzige Bündel zärtlich an. Verknautscht, rot-blau vom Schreien. Extrem dünn und bemitleidenswert schrumpelig. »Ok, Ok. Gib her. Ich habe immer noch etwas Milch. Sie wird mich sicher leersaugen.«

Gowri setzte sich hinter ihre Nähmaschine, da sich sonst kein anderer Sitzplatz in der Hütte befand.

»Danke, Gowri.«

Das Baby wurde an die Brust-warze gedrückt. Verwirrt schüt-telte es suchend sein winziges Köpfchen. Gowri stopfte ihre Brustwarze zwischen die dünnen schmalen Lippen und drückte ihre Brust, bis ein bisschen Milch austrat. Das war der Startschuss. Gierig saugte die Kleine jeden Tropfen aus der linken, dann aus der rechten Brust. Kaum war der letzte Tropfen getrunken, schlief die Kleine friedlich ein. Sie sah so niedlich aus. So zufrieden. Wie ein kleiner Engel.

Gowri schien nach so vielen Tränen, die sie wegen ihres kleinen Sohnes vergossen hatte, einen neuen Sinn in ihrem Leben gefunden zu haben. Sie schaute Zarina an und drückte das zarte Wesen an sich. »Willst du sie etwa zurück?«

»Nein, aber, wieso hast du nach einer Woche noch so viel Milch?«

»Sag es bitte niemanden, aber ich habe mir jeden Morgen selber Milch abgenommen. Ich weiß auch nicht warum. Aber jetzt ist es mir klar. Für sie! Für die kleine Rati, die mir die Göttin Parvati geschenkt hat.«

»Du willst sie Rati nennen?
Ein schöner Name, Zufriedenheit.
Auf das sie eine zufriedene Frau
wird. Sag mir, wenn ich dir
helfen soll. Ja? Jederzeit.«

»Ja, gut. Aber jetzt musst du
gehen. Sag deinem Mann, was du
willst. Aber nicht das ich das
Baby aufgenommen habe.«

»Ich sag, ich habe es in den
Fluss geworfen.«

»Gut. Unser Geheimnis.«

»Ja. Unser Geheimnis.«

# Kapitel 5 Das Leben bei Gowri

Die Jahre vergingen und Rati wuchs zu einem süßen kleinen Fratz heran. Gowri hatte eine alte Singer-Nähmaschine und nähte für die feinen Leute aus der Stadt. Sie hatte immer genug zu essen und eine eigene Wellblechhütte - sogar mit einer verschließbaren Tür. Ihren bescheidenen Wohlstand hatte sie ihrer Fähigkeit, mit der fußbetriebenen Nähmaschine umgehen zu können, zu verdanken. Eine Wohltätigkeitsorganisation hatte ihr sie vor ein paar Jahren geschenkt. Mit solchen Hilfsgütern ermöglichte die Organisation es Frauen, ein regelmäßiges Einkommen zu erzielen.

»Rati, komm her! Hier, eine neue Adresse für deine Mama. Die Dame möchte zwei leichte, rote Baumwollsaris und eine Jacke.« Zarina freute sich immer, wenn sie ihrer Freundin Gowri etwas Gutes zu tun konnte. Seit sie nunmehr sechs Jahre ein Geheimnis verband, wurden aus Nachbarinnen Freundinnen, die sich gegenseitig unterstützen. Zarina putzte bei feinen Leuten und empfahl Gowris Nähkünste und Gowri machte bei ihrer Kundschaft Werbung für Zarinas Reinlichkeit und Zuverlässigkeit. Rati war ihr beider Sonnenschein.

Sogar Pradeep zauberte Rati ein Lächeln in sein meist missmutiges Gesicht. Er hatte gern die Geschichte geglaubt, dass Gowris Kind doch ein Mädchen gewesen war und überlebt hatte.

Rati lief mit dem Zettel schnell zu ihrer Mama. »Hier

Mama, von Tante Zarina.« Stolz hielt sie den Zettel hin.

»Was steht denn drauf?«, fragte die Mutter lächelnd. Rati starrte auf die Buchstaben.

»Du weißt genau, das ich Zarinas Schrift nicht lesen kann. Wenn sie große Druckbuchstaben verwenden würde, könnte ich es!«

Hatte sie gerade *verwenden* gesagt? Ihre Rati war wirklich ein kluges Kind. Welches sechsjährige Mädchen sagt schon *verwenden*? Bald würde Rati in die Schule kommen. Sie wird eine der besten Schülerinnen werden, dessen war sich Gowri sicher. Die letzten Jahre waren für Gowri die schönsten ihres bisherigen Lebens. Rati war so entzückend, so klug und verbreitete nur Sonnenschein. Sie lächelte sich in alle Herzen. Das Leben könnte nicht besser sein.

Doch es zeichneten sich dunkle Wolken an Ratis und Gowris rosigem Himmel ab. Gowri fasste sich, wie so oft in den letzten Monaten, an den Unterleib. Die Schmerzen kamen immer plötzlich und fühlten sich an, als ob eine scharfe Messerklinge durch den Unterleib schnitt. Bildet sie es sich ein? Oder konnte sie ihn mittlerweile fühlen? Ihren jahrelangen Begleiter. Sie hatte immerzu Hunger. Konnte nie satt werden. Dieser elende Wurm fraß ihr alles weg. Ließ ihr einfach viel zu wenig über. Zu ihrem Bandwurm, den sie in ihrem Körper trug und mit ihrem Körper ernährte, hatte sich ein faustgroßer Tumor gesellt. Warum fraß der Wurm nicht diesen? Dieser Tumor bescherte ihr höllische Schmerzen. An manchen Tagen konnte sie nicht aufstehen, aber sie musste zumindest für ihre

kleine Tochter etwas Geld verdienen. Sonst würde ihre geliebte
Rati auch sterben müssen – aber
an Unterernährung. Heute früh
hatte sie einen Entschluss
gefasst. Sie musste Rati abgeben.
Leider. Sie wird nicht mehr lange
für Rati sorgen können. Dieser
Schmerz allerdings lokalisierte
sie in ihrem Herzen. Es zerriss
ihr die Brust, diese Erkenntnis
Rati weggeben zu müssen. Sie
brauchte jemanden, der für ihre
Tochter gut sorgen konnte. Vielleicht Zarina?

Gowri machte sich schweren Herzens auf den Weg zu Zarinas
Hütte, um mit ihr alles zu
besprechen. Energisch trommelte
sie an ihre Türe. Jetzt durfte
sich nicht der Mut verlassen.
    »Zarina, ich muss mit dir
reden.« Ihre Stimme war fest und
laut.

»Ja sicher.« Hörte sie vom Inneren der Hütte rufen. Hastig wurde die Tür mit Schwung geöffnet. »Was ist los? Du klingst so ernst. Komm erst mal rein und setz dich.«

Gowri druckste herum und platzte dann heraus:

»Du weißt, ich habe einen Bandwurm.

»Ja, ich weiß. Den hast du schon sehr lange. Und? Den haben viele.«

»Nun, ich habe auch einen bös-artigen Tumor.« Gowri schaute zu Seite. Ihr war es peinlich. Aber nun war es heraus.

»Was? Einen Tumor? Ist der ansteckend?« Zarina war wirklich nicht die Klügste. Verwirrt schaute Gowri sie an.

»Nein.« Gowri schüttelte den Kopf. »Weder der Bandwurm noch der Tumor ist ansteckend.«

»Dass der Bandwurm nicht ansteckend ist, weiß ich. Ich bin doch nicht blöd. Sonst hätten Rati und ich ihn ja schon lange.« Zarina verzog ihren Mund. Sie wirkte beleidigt.

»Ja, Zarina.« Gowri ließ ihre Hände resigniert in den Schoß fallen. »Es geht um Rati.«

»Oh je. Wieso? Ist sie auch krank?« Gowri blickte ihrer Freundin in die Augen.

»Nein. Sie ist kerngesund und sehr intelligent. Das weißt du doch. Aber ich werde sterben. Hast du das verstanden? Ich lebe nicht mehr lange. Jemand muss sich um Rati kümmern, wenn ich nicht mehr bin.« Ihre Stimme zitterte

Zarina hielt sich die Hände vor den Mund. Ihre weit aufgerissenen Augen zeigten: Sie hatte verstanden. »Ja, aber, ja aber«, stotterte sie, »wer soll sich um Rati kümmern?«

»Ich dachte du und Pradeep.« Jetzt war es raus. Würde ihre Freundin Rati aufnehmen?

Zarina blickte zu ihrem Ehemann, der sich gerade einen brutalen Film auf seinem kleinen Fernseher ansah. »Das erlaubt er nie.« Scheu blickte Zarina zu Boden. Sie traute sich nicht, ihre Freundin anzusehen.

»Frag ihn! Ich habe doch sonst niemanden. Du bekommst meine Singer. Du bekommst alles, was ich habe.«

»Ich kann nicht nähen. Pradeep würde die Nähmaschine nur verkaufen und versaufen. Er würde Rati verkaufen. Du weißt das. Er wollte sie ja schon damals verkaufen!«

»Und jetzt liebe Freundin? Was soll ich machen? Hilf mir!«

»Ich kann dir nicht helfen. Ich kann Rati nicht helfen. Kannst du dich nicht behandeln lassen?«

»Und du zahlst?« Gowri knetete ihre Hände im Schoß, sie waren ganz feucht.

»Nein! Das kann ich nicht!«

»Siehst du! Ich auch nicht!« Gowri presste eine Hand vor ihren Mund, um nicht loszuschreien. »Was soll ich tun?«, flüsterte sie. »Was? Liebe Freundin?« Ihr war hundeelend.

»Du könntest zu einer Heirats-vermittlerin gehen und Rati mit jemanden verloben. So habe es meine Eltern gemacht. So habe ich einen Ehemann bekommen.«

Gowri blickte zu dem Wesen vor dem Fernseher. »Nein«, ihr Blick ging zurück zu Zarina, »auf keinen Fall.«

»Lass mich nachdenken!« Zarina starrte vor sich hin. Gowri konnte förmlich sehen, wie es in

Zarin arbeitete. Die Minuten zogen sich endlos. Dann erwachte Zarina aus ihrer Starre. »Der Teppichhändler! Vielleicht weiß der eine Lösung. Der ist klug, reich und mag Rati. Er freut sich immer, wenn er sie sieht. Hast du doch selber schon gesagt. Wenn du ihm die genähten Sachen bringst, gibt er Rati immer etwas Süßes.«

»Der ist doch verheiratet. Ich will Rati nicht verloben. Es muss eine andere Lösung geben.«

»Ich mein ja auch nicht heiraten, nur geben. So als Patenkind oder so. Er mag Rati.«

»Ja, aber mal was Süßes verschenken und ein Kind erziehen, das ist ja doch schon ein großer Unterschied.«

»Was kannst du sonst tun? Wen kannst du sonst fragen? Der Teppichhändler ist ein netter Mann. Glaub mir. Er hat dir schon oft Aufträge gegeben. Frag ihn!«

»Ja, vielleicht kann er sie zu einer guten Schule schicken. Eine gute Schulbildung verhilft ihr sicher zu einem guten Mann.«

»Geh doch gleich morgen zu ihm und besprich es mit ihm.«

»Gleich Morgen?«

»Ja, gleich Morgen. Verschiebe es nicht. Dadurch wird es nicht leichter.«

Gowri nähte schon lange für die Frau des reichen Teppichhändlers. Und dieser Kaufmann war ein reicher, wirklich reicher und gebildeter Mann. Zumindest der reicheste Mann, den Gowri kannte. Er hatte sich in Rati verguckt, was die Chancen erhöhte, dass er sie aufnahm. Einfach zu ihm gehen, das traute sie sich nicht. Aber sie musste wohl.

Drei Wochen vergingen, in denen sie voller Ungeduld auf den Boten wartete. Dann stand der Junge endlich mit Stoff und Anweisungen vor ihrer Wellblechhütte – ein neuer Sari für die Ehefrau des Teppichhändlers. Gowri nähte diesmal besonders gewissenhaft. Einerseits wollte sie besonders schnell sein - denn wer wusste schon, wie lange sie noch Zeit hatte - andererseits besonders sorgfältig.

In der Nacht vor der Auslieferung rannte sie viermal zum Abort. Sie trank gierig ihren gesamten Tee aus und saß mehr im Bett, als sie lag.

Endlich war der Morgen da und sie konnte aufstehen. Rati, fröhlich wie immer, ahnte nichts von den dunklen Wolken, die sich von nun an in ihr Leben schoben. Sie und Rati zogen ihre besten Kleider an und machten sich auf den Weg zum Haus des reichen Mannes. Nach dem Klopfen an der alten Holztür öffnete eine, wie immer

ordentlich gekleidete Bediens-
tete.

»Ja bitte?«, fragte die ältere
Dame nicht unfreundlich.

»Wir wollen die genähte Kleidung abgeben und den Hausherrn
sprechen.«

»Gib die Sachen mir! Wieviel
bekommst du?«

»Das würde ich gerne mit dem
Herrn Teppichhändler besprechen.«

»Der gibt sich nicht mit sowas
ab. Sag mir, wie viel du sonst
bekommen hast. Du bekommst nicht
mehr!«

»Ich will nicht mehr. Ich will
etwas anderes mit ihm besprechen.
Bitte hole ihn, er kennt mich.«

Die Dame war sichtlich genervt,
sie verdrehte die Augen und
schielte nach oben, doch nach
einem Stoßseufzer willigte sie
ein, den Herrn zu holen, und verschwand im Haus. Nach einer Weile
hörten Gowri und Rati Schritte.

»Hallo Gowri, hallo Rati, wie geht es euch? Was ist los? Warum muss ich extra meine Arbeit unterbrechen um, ja, um was zu tun?«

»Hallo lieber Herr, zu gütig, dass sie nachfragen. Momentan geht es uns gut. Rati, warum gehst du nicht am Brunnen etwas spielen, ich habe etwas mit dem Herrn Teppichhändler zu besprechen.«

»OK, mach ich.« War die kurze Antwort, bevor sie hüpfend zum Brunnen ging. Im Wasser eines Brunnens zu planschen war einer ihrer Lieblingsbeschäftigungen.

»Momentan?« Seine Augen wechselten schnell von Rati auf Gowri. Ihm schwante nichts Gutes.

»Nun, Herr, ich weiß nicht, wie ich anfangen soll.«

»Nur frei heraus. Was gibt es? Ihr wisst, ihr könnt mir alles erzählen.«

»Wissen sie, ich bin krank und werde sterben. Und, und ich weiß nicht, was dann aus Rati werden soll. Ich dachte, vielleicht, wenn es nicht zu unverschämt ist …« Gowri machte eine Pause und atmete schwer. Es war doch schwerer, als sie erwartet hatte. Was hatte sie sich nur dabei gedacht? Er würde sie sicher gleich fortscheuchen und nie wieder ein Kleid bei ihr bestellen.

»Oh, das habe ich nicht gewusst. Das ist ja furchtbar. Was haben sie denn?« Bei den letzten Worten trat er vorsichtshalber einen Schritt zurück.

»Oh, nein.« Gowri hielt ihre Hände schützend vor sich. »Nein, nein, nichts Ansteckendes. Einen Tumor. Krebs.« Die andere Diagnose, Bandwurm, verschwieg sie. Zu groß war die Scham, diese Armeleute-Geißel zu haben.

»Ach so.« Seine Erleichterung konnte der Teppichhändler nicht verbergen. Setzte dann aber schnell nach. »Wie furchtbar. Wie schrecklich.« Dann schaute er Rati an. »Was wird aus ihrer Tochter? Geht sie zur Nachbarin? Sie ist doch noch etwas zu jung, um in ihre Fußtapfen zu treten und Kleider zu nähen. Oder?«

»Ja, viel zu jung. Sie sollte erst mal zur Schule gehen und etwas lernen.« Gowri hielt inne, holte tief Luft und sprudelte dann heraus: »Nun, ich dachte, vielleicht, wenn es ginge, könnten sie, eventuell, bei ihnen?« Gowri unterbrach ihr Gestotter. Wollte am liebsten weglaufen. Konnte aber nicht. Es ging um ihre Tochter. Sie schaute zum Boden, schaute sich um, schaute wieder zum Boden und fiel auf die Knie. Ihre Hände vor die Brust gefaltet bettelte sie: »Bitte,

bitte lieber Herr Teppichhändler, bitte, können sie meine kleine Rati aufnehmen? Sie ist so lieb. Sie wird keine Last sein. Sie wird ihnen nur Freude bereiten. Sie ist klug, fleißig und folgsam. Wirklich. Sie mögen sie doch? Nicht war? Bitte, ich tue alles, was sie wollen. Alles. Ich werde bis zu meinem Lebensende kostenlos für sie nähen.« Gowri umfasste die Füße des Mannes. Ihr war hundeelend vor Verzweiflung. Rati unterbrach ihr Spiel und schaute mit großen Augen zu ihrer Mutter. Was veranlasste ihre Mutter, auf Knien den Teppichhändler anzuflehen? Schnell lief sie zu ihr und stellte sich neben sie.

»Aber, aber.« Der Kaufmann fasste Gowri an ihren Schultern und zog sie hoch. Von der Berührung aufgeschreckt stellte Gowri sich schnell auf. Die wenigen

Sekunden, die sie sich schweigend ansahen, kamen Gowri wie eine Ewigkeit vor.

Rati verstand nichts. Was war nur los?

»Natürlich kann Rati bei mir bleiben. Sie wird viel lernen, das verspreche ich ihnen. Sie wird ihr Auskommen haben. Ich werde für sie sorgen. Machen sie sich keine Gedanken.« Er tätschelte bei diesen Worten Kopf und lächelte das Kind an. »Du wirst doch brav sein? Oder? Du wirst ein artiges Kind sein. Versprochen?«

Rati nickte feierlich. Sie hatte die ganze Tragweite des Gesprächs zwar nicht annähernd erfasst, wusste aber, hier war etwas Wichtiges geschehen. Wenn Mama sich vor jemanden auf den Boden kniete und die Füße umfasste, dann musste es etwas wirklich Wichtiges sein. Ihre

Mutter hatte bisher nur vor den Göttern gekniet.

Gowri war glücklich, als sie hörte, wie er versprach, für Rati gut zu sorgen. Konnte sie so viel Glück haben? Als der dicke Mann wieder ins Haus ging, stand sie, an der Wand gelehnt, vor seinem herrschaftlichen Haus. Sie war noch nie in einem so schönen Gebäude gewesen. Bald würde Rati mit ihren sechs Jahre dort leben und ein und aus gehen. In einem richtigen Haus aus Stein und Beton, mit Angestellten und sie würde in eine gute Schule gehen.

Nun war es an der Zeit, Rati die Wahrheit über ihre Gesundheit mitzuteilen und die Entscheidung sie dem Teppichhändler zu geben zu erklären. Schweren Herzens erklärte Gowri Rati, dass sie bald sterben würde und der Teppichhändler und seine Frau nun ihre neuen Eltern werden. Aber sie würde sich immer satt essen können und eine gute Schule besuchen. So würde Gowri beruhigt sterben können.

Rati war mit all dem gar nicht einverstanden. Sie wollte nicht akzeptieren, dass ihre Mutter sterben sollte. Welches Kind würde es? Sie würde liebend gerne hungern, wenn sie dafür bei ihrer Mama bleiben durfte. Ihre Mama ging weg. Nein. Lieber Mama behalten! Sie konnte sie pflegen. Sie war schon groß. Sie konnte auch schon ein bisschen nähen. Das professionelle Nähen würde sie schnell lernen. »Ich kann das, wirklich. Ich kann doch schon nähen. Du hast selber gesagt, dass meine Säume schon richtig gut sind. Bitte Mama. Der Teppichhändler ist nett, aber ich will nicht.«

»Du musst aber, meine kleine Blume. Du musst.«

»Meine Nähte sind schon ganz toll!«

»Für ein sechsjähriges Mädchen, ja. Aber nicht für eine professionelle Näherin. Rati, ich werde sterben. Ich möchte, dass du gut versorgt bist. Beim Kaufmann wirst du es gut haben. Tu, was er sagt, und du wirst ein gutes Leben haben. Das ist mehr, als ich je für dich erträumt habe. Du wirst etwas Richtiges lernen und sicher einen guten Mann bekommene.« Sie verstummte und Tränen liefen ihr über die Wangen.

Rati schluchzte herzzerreißend und weinte die ganze Nacht. Gowri konnte sie nicht rösten. Wie auch?

# Kapitel 6 Weg von zuhause

Der Tag an dem Gowri Rati dem
Teppichhändler übergeben sollte
kam viel zu schnell. Rati hatte
sich fest vorgenommen, tapfer zu
sein und erwachsen. Groß. Ver-
nünftig. Der Teppichhändler
sollte sie von ihrer besten Seite
sehen. Aber sie konnte nicht
anders, sie weinte bitterlich,
sobald sie den Teppichhändler
sah. Ihr kleiner, zarter Körper
hörte nicht auf zu zittern. Gowri
umarmte ihre Tochter zum Abschied
und gab ihr einen dicken Kuss auf
die Stirn. Sie umklammerte sie
fest und spürte, wie aufgewühlt
Rati war. »Sei brav. Tu, was der
Herr Teppichhändler dir sag.
Widersprich ihm nicht! Er wird
immer gut zu dir sein. Mach es

gut und weine nicht. Sei froh. Du hast es sehr gut getroffen. Ich bin stolz auf dich. Mach mich weiterhin so stolz.«

Zu den Schmerzen im Unterleib kamen die Schmerzen in ihrer Brust. Sie hatte das Gefühl, ihr Herz würde zerreißen. Aber sie musste ihr Kind abgeben, damit es leben konnte, und sie bekam bei diesem Mann eine große Chance auf ein besseres Leben. Sie tat das Richtige!

Rati versuchte, tapfer zu sein. Doch als Mama dann tatsächlich ging, gab es kein Halten mehr und sie schluchzte noch lauter und musste vom Teppichhändler fest-gehalten werden, damit sie nicht ihrer Mutter nachlief. Zappelnd wand sie sich in den Armen des Mannes und schrie ihre Verzweif-lung laut heraus.

»Na, na. Das wird schon wieder. Komm erst mal rein. Magst du

Reiskuchen?« Versuchte er sie abzulenken. Zu Gowri gewand erklärte er: »Ich werde sie morgen zu meinem Haus auf dem Land bringen. Dort kann sie Abstand erhalten und hat viel Ablenkung.«

»Wie sie meinen, Herr Teppichhändler.« Tonlos kamen die Worte über ihre Lippen.

Da hatte er genau die richtige Frage an Rati gestellt. Reiskuchen! Reiskuchen waren ihre allerliebste, allerleckerste, allerbeste Leckerei. Die gab es sehr, sehr, sehr selten. Und sie bekam gleich drei davon. An einem Tag. Hintereinander. Sensationell. Schniefend, schluchzend und immer noch zitternd, aß sie alle drei Reisküchlein gierig schnell hintereinander auf.

Zufrieden sah der dicke Teppichhändler, wie die Reiskuchen verschlungen wurden. Kleine geschickte Finger. Dieses Kind war entzückend. Und er würde ihr zeigen, wie man hier seine Mahlzeiten verdient.

Nach einer kurzen Nacht wurde Rati in ein Auto gesetzt. Sie war total aufgeregt. Erst drei Reiskuchen, dann das Schlafen in einem großen, schönen Bett. Heute früh eine große Schüssel Reis und nun, eine Autofahrt. Ihre erste Autofahrt in einem schönen, großen, neuen Auto. Sie konnte ihr Glück kaum fassen. Nur die Erinnerung an ihre Mama versetzte ihr immer wieder Messerstiche ins Herz. Aber nur nicht daran denken. Sie hatte Mama versprochen sie stolz zu machen. Sie durfte auf die Rückbank zu drei anderen Mädchen steigen. Sie waren geringfügig älter und hatten Angst. Rati aber nicht. Rati war aufgeregt. Die großen

Häuser flogen nur so an ihr
vorbei. Surat war eine riesen-
große Stadt, deren Straßen sie
nun stadtauswärts befuhren. So
viele Menschen, so viele Autos,
Motorräder, Fahrräder und Menschen. Menschen überall. Manche
schliefen auf dem Bürgersteig,
andere an der Türschwelle großer
Häuser. Einige Häuser waren
riesig hoch. Ihre Dächer konnte
sie aus dem Autofenster gar nicht
sehen, so hoch waren sie.

Eine halbe Stunde später hatten
die Häuserfronten ihre Attrak-
tivität für Rati verloren. Die
Abstände der immer kleiner wer-
denden Häuser wurden größer. Dann
endlich, Rati wurde schon schläf-
rig, wurde das Auto langsamer und
stoppte vor einem riesigen, hässlichen Bau mit einem Flachdach.
Hier wohnte der reiche Teppichhändler auch? Sie hatte sich sein
Haus auf dem Lande zwar groß,

aber viel schöner vorgestellt.
Mit bunten Fenster, Blumen und
einer schönen hellhäutigen Ehefrau, die sich freut, Rati zu
sehen. Dieser grauschwarze Kasten
sah schäbig aus. Kahl und kalt,
obwohl es im Inneren heiß und
stickig war. Eine herbe, alte
Inderin mit schmutzigen Sari und
schwarzen Warzen im Gesicht holte
Rati und ihre drei Begleiterinnen
aus dem Auto ab. »Hier entlang,«
zischte sie barsch aus ihrem fast
zahnlosen Mund.

Rati registrierte, dass die
Frau sie nicht einmal begrüßte.
Das war bestimmt nicht die Ehefrau. Hilfesuchend blickte Rati
sich zu dem dicken Teppichhändler
um. Dieser aber ging wieder
zurück zu seinem Auto. Was für
ein Alptraum. »Geh, schon. Tu was
sie dir sagt. Du hast es deiner
Mutter versprochen.« Ohne ein
weiteres Wort oder auch nur eines

Blickes stieg der Mann in den Wagen und fuhr zurück.

Rati war verwirrt. Warum fuhr er wieder weg? Kam er gleich zurück? Sicher würde er gleich zurückkommen. Vielleicht wollte er Reisküchlein holen? Ja, so musste es sein. Sie hatte nämlich, außer dem Frühstück, noch nichts gegessen und sie bekam allmählich großen Hunger. Bestimmt würde er gleich kommen und ihr und den drei anderen Mädchen, die sicher auch gerne Reisküchlein mögen, welche bringen.

Derweil hatte die hässliche, dürre Frau Rati unsanft am Oberarm gepackt und zerrte sie an große, hölzerne Vorrichtungen vorbei. Vor jedem dieser seltsamen Apparate saßen ein oder zwei Mädchen und knoteten kleine Fäden an lange Fäden.

Rati starrte auf die fleißigen Hände, die in unwahrscheinliche

hoher Geschwindigkeit einen
Knoten nach dem anderen knüpften.
Hier entstanden Teppiche. Na
klar, der Mann war ja Teppichhändler. Die Gesichter der Mädchen waren ausdruckslos und
konzentriert. Der Geruch hatte
eine scharfe Note, die ihr in der
Kehle kratzte. Schmutz, nur spär-
lich weggekehrt, ranziges Woll-
fett und die unverkennbaren Aus-
dünstungen der emsigen Knüpferinnen waren in der Hitze eine
scheußliche Mischung. Die dürre
Frau schupste Rati auf eine Sitz-
bank neben ein vielleicht zehn-
jähriges Mädchen. »Hier, lerne
sie an. Aber sieh zu, dass deine
Arbeit nicht darunter leidet.«

Rati flog regelrecht auf die
Holzbank.

»Die vorarbeite`in heißt Devi«,
hörte sie das Mädchen flüstern.
»Tu was sie sagt. Sonst gibt`s
P`ügel«,

»Prügel? Wieso Prügel? Warte
nur, bis der Teppichhändler
wieder kommt. Der holt Reisküchlein. Das ist hier nicht richtig.
Ich sollte bei ihm sein. Nicht
hier.« Rati fing an zu schluchzen
und ihre Tränen ließen nicht
lange auf sich warten.

»Nee, der wird di` nie wiede`
Reisküch`ein kauf´n. Nix wird er
di` kauf´n. Der hat dich
gekauft.«

»Mich?« Rati war empört. »Nein,
meine Mama hat gesagt, mir geht
es hier gut. Gestern gab es Reisküchlein. Drei!« Rati schniefte
und stemmte herausfordernd ihre
Fäuste in die Taille.

»Nix. Hier gib´s nix. Nur
P`ügel, wenn du nich` spurst.
Los, knüpf. Mach wie ich. Sonst
gibt`s nix zu essen.«

Durch den Tränenschleier
konnte Rati kaum erkennen, wie
die flinken Finger des Mädchens

einen Knoten nach dem anderen fertigten.

»Das kann ich nicht! Das will ich nicht! Ich will Reisküchlein!« Das Wort *Reisküchlein* schrie Rati schrill. Sie war empört. Mama und der Teppichhändler haben es versprochen. Sie haben es versprochen!

Das Mädchen neben ihr schaute sich überängstlich um und arbeitete noch schneller. Sie war gerade mal zehn Jahre alt, lebte aber schon den größten Teil ihres kurzen Lebens hier in dieser Fabrik.

Schon war Devi, die Vorarbeiterin und Herrscherin über alle Arbeiterinnen, hinter Rati. Sie schlug Rati mit voller Wucht auf den Hinterkopf. Rati fiel von der Bank. Schrie. Stand benommen auf und rannte los. Rannte an allen Knüpfstühlen vorbei, wollte raus, raus, um hinter dem Auto des Tep-

pichhändlers herzulaufen. Er
musste ihr helfen. Rati hatte
Panik. Weg hier, nur weg. Zurück
zu Mama. Doch Devi war schneller.
Sie packte Rati hart am Oberarm.
Schlug ihr ins Gesicht. Das Auf-
klatschen war durch die ganze
Halle zu hören. Alle hundertzwei-
undfünfzig Mädchen starrten auf
ihre Teppiche. Knüpften mit
schnellen Fingern Knoten an
Knoten. Devi zog Rati hinter sich
her. Schubste sie unsanft auf die
Bank und holte eine Kette hervor.
»Du bist ein ganz wildes,
ungehorsames Kind. Du Teufel! Das
wird dich lehren, an deinem
angestammten Platz zu bleiben.
Hier ist dein Platz ab heute!
Hier wirst du essen, trinken,
schlafen und dich entleeren. Und
vor allen Dingen wirst du hier
arbeiten! Arbeiten! Ohne Arbeit
kein Essen! Erste Regel. Arbeiten! Zweite Regel. Tun, was ich

sage! Je früher du das kapierst, je besser für alle.« Dann knallte sie dem Mädchen neben ihr ebenso eine so schallende Ohrfeige, die ebenfalls durch die gesamte Halle zu hören war. »Damit du das besser kapierst.Baust´e Bockmist, kriegst´e und das Mädchen neben dir, Prügel.« Und um ihren Worten Nachdruck zu verleihen, schlug sie dem Mädchen neben ihr einmal kräftig auf den Rücken. Stumm zuckte diese zusammen und arbeitete mit hochgezogen Schultern weiter.

Rati war wütend, aber auch ängstlich. Sollte sie aufbegehren? Ihrer Mama hatte sie versprochen brav zu sein. Also blieb ihr wohl oder übel nichts anders übrig, als das Teppichknüpfen zu lernen.

Immer wieder knoteten die geschickten Finger ihrer Leidensgenossin kleine Fäden an die

weißen langen Fäden. Bei ihr
selbst schien das überhaupt nicht
zu funktionieren. Ihre Knoten
waren viel dicker und sahen
unförmig aus. Die missratenen
Knoten wieder zu öffnen, funktio-
nierte gar nicht. Das Mädchen
neben ihr schaute sie traurig an
und schnitt die Fäden mit einem
rostigen krummen Messer ab.
»Guck! Guck mir zu! Nu` guck bes-
se´ hin!«, stammelte das dürre
Ding.
   »Ja, mach ich ja. Zeig mir das
Ganze bitte etwas langsamer.
Bitte.«
   »So! Gucks´te? Sooo.« Sie zog
das O lang und knüpfte den Knoten
entsprechend langsamer. »Is´
leicht. Is´ echt leicht. Mach.
Mach Shon. Snelle´, snelle´«,
stammelte das Mädchen. Rati
konnte sie kaum verstehen.
   »Ja. Ich versuche es ja. Ich
geb mir doch alle Mühe. Meine

Finger sind nicht so geschickt wie deine.«

»Beeil´ dich. Gibt sons` Dresche.«

»Dresche? Was ist Dresche?« Rati war verwirrt. Das Mädchen sprach so leise und undeutlich. Sie verschluckte fast alle Endbuchstaben. »Was bedeutet das, Dresche?«

»Haue. P´ügel. Eins in` Gesicht. Wenn´ ne weiß, was ich mein´.«

»Du meinst, sie werden mich verprügeln, wenn ich nicht schnell genug knüpfe?« Rati war fassungslos.

Das Mädchen nickte nur. »Nich` nur dich. Mich auch! Dresche für mich wird schlimme´ sein! Also los. Mach.« Um ihren Worten Nachdruck zu verleihen, schlug sie Rati heftig auf die Schulter.

»Au. Lass das bitte. Ich werde mir Mühe geben. Ich werde mich anstrengen, damit wir beide nicht wieder geschlagen werden.«

Das Mädchen rollte mit den Augen. Dann senkte sie den Kopf und knotete immer schneller.

Rati wollte gerade protestieren, als sie sah, wie sich die Vorarbeiterin von der Seite näherte. Rati wurde es bei der Vorstellung, dass sie gleich *Dresche* bekam, ganz heiß. Aber Devi schaute nur kurz zu und raunzte dann: »Das muss schneller gehen. Ich gebe dir zwei Tage. Dann bist`e so flott wie Murakha.« Devi ging ihres Weges, nicht ohne Rati einen Schlag auf den Hinterkopf zu geben.

Nun traten ihr die Tränen in ihre Augen. Nicht, weil der Schlag so schmerzhaft war, sondern, weil sie so verzweifelt war. Wo war sie nur hingeraten? Hatte Mama das gewusst? Wusste der Teppichhändler davon? Er

konnte unmöglich davon wissen.
Ihre Mama auch nicht. Nie im
Leben! Der Teppichhändler hätte
sie nie und nimmer hierher
gebracht, wenn er nur geahnt
hätte, was hier los ist. Wenn er
gleich zurückkommt - und er würde
sicher gleich kommen - würde sie
alles erzählen. Dann würde die
Vorarbeiterin entlassen und
bestraft werden. Ja, bestimmt.
Mit diesen Gedanken tröstete sie
sich und versuchte, die Knoten
fehlerfrei zustande zu bekommen.

»Sag mal,« Rati beugte sich
etwas zu dem Mädchen neben sich,
»hast du noch einen anderen
Namen?«

»Einen ander´Name`? Nee, hab
ich nich´.«

»Hat dich deine Mutter auch so
genannt?«

»Ich weiß nich´«, Murakha
zuckte mit den Schultern. » War
immer schon Murakha. Weil ich

nich´ klug bin. So heiß ich, Murakha, die Dumme.« Wieder zuckten ihre Schultern und sie arbeitete konzentriert weiter.

Tage vergingen. Wochen vergingen. Monate vergingen. Der Teppichhändler kam nicht zurück. Murakha und Rati schliefen jede Nacht nebeneinander auf der Bank. Tagsüber saßen und arbeiteten sie manchmal gemeinsam, aber häufig auch an unterschiedlichen Teppichen. Nur zum Eimer, um sich zu entleeren, und zum Essen durften sie ihren Arbeitsplatz verlassen. Außer sonntags. Da war alles anders. Sie durften länger schlafen. Ohne vorher zwei Stunden an den Teppichen gearbeitet zu haben, wurde gefrühstückt. Anschließend machten sie ihren Arbeitsplatz und sämtliche Räumlichkeiten blitzsauber. Dann, nach dem Mittagessen, wurde der

Fernseher eingeschaltet und sie durften Bollywood-Filme sehen. Alle Mädchen saßen dann wie hypnotisiert vor dem alten Röhrenfernseher und träumten sich in die bunte Welt der Stars und Sternchen. Schöne, kluge Menschen meisterten ihr Leben mit allen Höhen und Tiefen. Zum Ende hin wurde immer alles gut. Die Liebenden kamen zusammen und die Bösen wurden bestraft. Bis zum Abendessen und danach durften sie weiter Serien und Spielfilme aus dem knallbunten Bollywood schauen. Der Sonntag war der Lieblingstag aller Arbeiterinnen, er gab Stoff zum Träumen.

Nach circa vier Monaten geschah etwas Außergewöhnliches. Die Vorarbeiterin kam scheinbar aus dem Nichts, griff Murakha am Oberarm und zerrte sie unsanft mit sich.

»Komm. Los«, herrschte sie das
dürre Mädchen an.

Murakha schaute noch ängst-
licher als vorher, sofern dass
überhaupt möglich war. »Nei! Will
nich´! Nei!«, schrie sie voller
Panik. »Nich´ schon wiede´. Nich´
Wiede´. Nei. Will nich´.« Murakha
versuchte, sich erfolglos aus den
schraubstockartigen Händen von
Devi zu befreien.

Devi schlug ihr zweimal, einmal
von rechts, einmal von links, ins
Gesicht, Sodas es durch die Halle
laut schallte.

»Will nich´. Will nich´«, wim-
merte sie resigniert immer wieder
und immer leiser. Rati wusste
nicht, was sie davon halten
sollte. Wo brachten sie Murakha
nur hin? Warum hatte sie solche
Angst? Was machte man mit ihr?
Bekam sie Dresche? Warum sollte
Murakha Dresche bekommen? Was
hatte sie verbrochen? Rati biss

auf ihre Unterlippe. Was sollte sie tun? Was konnte sie tun? Nichts. Das Licht war mittlerweile so schlecht, das sie ihr krummes Messer zur Seite legte und sich auf die Bank legte. Sie wollte aber wachbleiben, bis Murakha zurückkommt. Vielleicht konnte sie sie etwas trösten. Etwas trösten und herausbekommen, wovor sie eine solch große Angst hatte und warum sie weggebracht wurde. Wohin nur? Und warum nur?

Murakha kam erst im Laufe des nächsten Vormittags zurück. Sie sah schrecklich aus. Unendlich langsam setze sie sich auf ihren Platz. Offensichtlich litt sie an ungeheuerlichen Schmerzen. Murakha wurde, und da war Rati sich ganz sicher, fürchterlich verdroschen. Eine dicke aufgeplatzte Lippe und ein zugeschwollenes Auge waren die unverkennbaren Zeichen. Unter ihrem ver-

schlissenen T-Shirt und der
schlackernden Hose verbargen sich
sicherlich noch schmerzhaftere
Wunden.

Murakha nahm ihr krummes
Messer und fing mit zitterigen
Fingern an zu knüpfen. Sie sah
Rati nicht an, sondern atmete
schluchzend und versuchte angestrengt, ihre Fäden zu knoten.
Was hatte sie nur angestellt?
Warum wurde sie so doll bestraft?
Rati versuchte, sich zu erinnern,
ob in den Tagen zuvor irgendetwas
vorgefallen war, was die Vorarbeiterin dazu hätte veranlassen
können. Sie fand aber keinen
Grund. Ob Murakha einfach so,
grundlos geschlagen wurde? Das
konnte sich Rati nicht vorstel-
len. Das wäre ja wohl selbst der
Hexe nicht zuzutrauen, aber womit
hatte sie verdient, so viel Dresche zu bekommen?

»Murakha«, sagte die Vorarbeiterin butterweich, »du warst gut. Wir sind zufrieden mit dir. Bist ein braves Mädchen. Ich gebe dir heute die doppelte Essensration. Gut? Is´ doch gut, ne´? Ne? Freust`e dich?«

Murakha glotzte abwesend in Richtung der Vorarbeiterin und nickte in Zeitlupe. Dabei streife ihr Blick Rati. War Murakhas Blick vorher ängstlich und eingeschüchtert, war er jetzt merkwürdig zerbrochen, kam es Rati in den Sinn. Wenn Rati die Worte *resigniert* und *sterbebereit* gekannt hätte, wären das die richtigen Verben gewesen.

Die Hexe hatte Murakha gelobt. Warum wurde sie dann so verprügelt? Rati war verwirrter als zuvor. Murakha schien, jeglicher Lebenswille verlassen zu haben. Schicksalergeben knüpfte sie weiter und weiter und weiter.

Rati lief es eiskalt den Rücken herunter. Sie war gerade sieben Jahre. In ihr reifte der Gedanke zu fliehen. So viel Prügel würde sie nicht überleben. Sie musste weg. Wohin? Egal. Egal wohin. Dahin, wo man nicht verprügelt wurde. Sie hatte schon lange aufgehört, zu hoffen, dass der Teppichhändler wieder kommt und sie aus dieser Fabrikhalle herausholte. Es gab keine andere Möglichkeit als die Flucht. Sie mussten fliehen. Tja, ein hehrer Wunsch mit sieben Jahren- fehlt ihr doch die Fähigkeit, den Wunsch in die Tat um zu setzten.

Die Tage flossen gleichförmig dahin, wurde zu monotonen Monaten, zu langweiligen Jahren. Teppich für Teppich. Immer mal wurde ein Mädchen mitgenommen und *verdroschen*. Manche kamen gar nicht mehr zurück. Murakha wurde alle

drei vier Monate abgeholt. Sie
erzählte nie, was genau mit ihr
gemacht wurde. Nur so viel, es
waren immer fremde Männer, die
sie prügelten, würgten und ihr
Schlimmeres antaten. Rati traute
sich nicht, zu fragen, was das
Noch-Schlimmere sei. Auch fand
Rati nie heraus, warum sie
geschlagen wurde. Was hatte
Murakha nur getan?

Weiter drei Jahre vergingen und
Ratis kleine flinke Hände waren
wie geschaffen für die dünnen
Seidenfäden der besten Teppiche.
Routiniert, als hätte sie in
ihrem Leben nie etwas anderes
gemacht, huschten ihre Finger
über das Gewebe des Teppichs.
Langsam entstanden die Muster je
nach Vorlage. Seit vier Jahren
kannte sie nichts anderes, als
die Bank vor dem Teppich. Ihre
Kette war zwar schon nach drei

Monaten abgemacht worden, aber wo
sollte sie denn hin? Hier gab es
zwei Mahlzeiten am Tag und nur
wenig Schläge, wenn man gute
Arbeit leistete. Sie arbeitete
gut und wurde nie von der Vorarbeiterin weggebracht, um verprügelt zu werden, so wie Murakha. Ab und zu holte man ihre
Freundin. Immer dann, wenn sie
sich gerade wieder gut erholt
hatte. Murakha saß immer noch an
den Wollteppichen, ihr Knüpfstuhl
stand neben Ratis. Murakha war
wirklich nicht sehr helle.

Von den häufigen Schlägen hatte
Murakha ein schiefes Gesicht. Ein
schief zusammengewachsener
Kieferbruch und einen kleinen
Klumpen als Nase. Ihre Aussprache
war noch schlechter geworden und
sie sah zum Fürchten aus. Lange
würde sie das Leben in der Teppichhalle nicht mehr durchhalten.

Rati suchte allerdings noch immer einen Weg aus dieser Hölle, raus aus diesem Elend. Den Gedanken an eine Flucht hatte sie in den letzten drei Jahren nicht aufgegeben. Ihrer Überzeugung nach musste es etwas Besseres geben als Teppichknüpfen für den dicken Eigentümer.

Immer häufiger bemerkte Rati, dass Devi sie seltsam von der Seite ansah. So, als wenn sie, Devi, etwas planen würde.

Murakha sagte eines Abends: »Ich glaub`, sie will dich demnäch´t mitnehm´n.«

»Mich mitnehmen? Wohin?«

»Zu den Männe´n.«

»Zu den Männern, die dich so verprügeln?«

»Ja.«

»Die mich dann auch so verprügeln?«

»Ja.«

»Und Schlimmeres machen?«

»Ja. Schlimm´ Sache´!«

»Wir müssen weg.« Panik machte sich in Ratis Magengrube breit und sie griff sich an den Bauch. Sie würde diese Prügel nicht überleben. Niemals. Ihr wurde schlecht.

»Du wills wech? Wech von hier?«

»Ja! Weg von hier!«

»Wech? Wohi´? Da drauße is nix. Nix is besse´.«

»Alles ist besser. Ich finde was!« Ihr Entschluss zur Flucht war endgültig gefasst.

Rati war zwar nicht mehr angekettet, hatte jedoch keinen Ort, zu dem sie fliehen konnte. Wo sollte sie hin? Raus war nicht das große Problem. Was aber dann? Sie konnte nur Teppiche knüpfen. Ihre Mama, so sagte die Vorarbeiterin, war schon vor dreieinhalb Jahren gestorben. Ein Bandwurm und ein Tumor hatten ihr Leben beendet.

Ob der Parasit ihre Mutter
getötet hatte oder der Tumor, wer
konnte das wissen? Aber eines
wusste sie genau, sie musste
fliehen. Bald, sehr bald.

# Kapitel 7 Besichtigung der Teppichfabrik

Hektik und eine große Aufregung machte sich in der Teppichhalle breit. Devi, die Hexe, lief aufgelöst und etwas hektisch hin und her. Immer wieder griff sie sich in ihre Haare und rupfte daran. Sie sah aus wie eine Verrückte aus einer Irrenanstalt, fand Rati. Die Hilfsvorarbeiterinnen leerten Eimer, kehrten auch in den Ecken und reinigten die Bänke.

Rati schaute sich überrascht um. »Was ist heute nur los? Warum machen alle Vorarbeiterinnen sauber und sind so aufgeregt? Es ist doch nicht Sonntag.«

Murakha zuckte mit den Schultern und knüpfte langsam

weiter. Plötzlich sammelte Devi alle Kinder von den Knüpfstühlen ein. Auch Murakha. Die ganze Gruppe wurden nach hinten raus geschickt und sollte sich dort verstecken und ruhig verhalten. Rati konnte noch sehen, wie einige älter Frauen sich auf die Bänke setzten und anfingen, die Teppiche zu knüpfen.

»Dürfen wir nicht mehr arbeiten? Warum dürfen wir nicht mehr arbeiten? Was ist los?« Rati zupfte am Arm einer Hilfsvorarbeiterin.

»Sei still. Geh´ da rüber. Heute ist Besichtigung.«

»Was ist eine Besichtigung?«

»Heute kommen Käufer. Reiche Leute, die viele Teppiche kaufen wollen.«

»Warum kommen die hier her? Sonst werden die Teppiche doch in der Stadt verkauft.«

»Sei still! Die wollen sehen, wie wir hier arbeiten.«

Das verstand Rati nicht. Warum wollen die sehen, wie Teppiche gemacht werden? Das weißt doch jeder. Sie konnte schon mit sechs Jahren Teppiche knüpfen. Die reichen Leute waren wohl sehr dumm. Aber Rati war nicht dumm. Warum durften sie nicht weiterarbeiten? Warum hat man die Frauen aus dem Dorf auf ihre Plätze gesetzt? Warum nur?

Eines der Mädchen wusste warum. »Darf ich euch erinnern, dass wir hier in Indien eine Schulpflicht haben? Was glaubt ihr, was los ist, wenn die merken, dass wir nicht in der Schule sind? Das ist verboten! Wir werden hart bestraft. Wir könnten dann nicht mehr arbeiten, wir müssten zur Schule gehen. Aber erst werden wir verprügelt und kommt ins Gefängnis! Wir könnten dann kein

Essen verdienen. Wir müssten
verhungern! Also, seid still und
versteckt euch. Lasst euch nicht
sehen und seid leise! Dann wird
alles gut. Dann werden wir
überleben und es wird uns
weiterhin gut gehen.«

Rati war wie versteinert und
machte sich so klein, wie sie nur
konnte. Auf keinen Fall wollte
sie verprügelt werden oder gar
ins Gefängnis kommen.

Die Frauen, die die Plätze der
Kinder für kurze Zeit einnahmen,
bekamen gutes Geld. Dafür mussten
sie schweigen.

In der großen Halle schaute
sich eine Gruppe von sechs
Personen, vier Inder und zwei
hellhäutige Menschen, die
Räumlichkeiten und das Inventar
an. Sie redeten mit den Frauen
und mit Devi, ließen sich Seiden-
und Wollteppiche zeigen. Der
Teppichhändler war auch zugegen.

Er wollte das begehrte Zertifikat: »*Fair gehandelt, ohne Kinderarbeit,*« aber das wussten die Arbeiterinnen nicht.

Fünf der Männer verwickelten Devi und den Teppichhändler in ein angeregtes Gespräch. Einer jedoch, der sechste Mann, schaute durch Fenster, Türen und Ritze. Sicher auf der Suche nach Kindern, die er ins Gefängnis werfen konnte. Die Mädchen gaben keinen Mucks von sich.

»Der hat uns gesehen« flüsterte Rati mit leichter Panik in der Stimme.

»Nee. Der hätte doch was gesagt«, beruhigte Murakha sie. »Warum sollte er uns auch verraten? Der will doch nur Teppiche kaufen.«

Rati war nicht ganz überzeugt und heilfroh, als Devi sie wieder zurückholte. Glück gehabt. Erstaunlich schnell waren die knüpfenden Frauen wieder weg und Murakha, Rati und die anderen Kinder konnten ihre Arbeit wieder aufnehmen. Puh, nochmal echt Glück gehabt.

# Kapitel 8 Die Flucht

Obwohl Rati eine tiefe Dankbarkeit für Devi empfand, änderte dieses Ereignis mit den Fremden in der Teppichfabrik nicht das Geringste an ihren Fluchtplänen. Sie wollte auf jeden Fall in den nächsten Tagen fliehen. Ihr Ausbruchsplan nahm immer mehr Gestalt an. Vorerst teilte sie niemanden ihr Vorhaben mit, auch nicht Murakha. Murakha war in der Lage, aus Angst vor erneuten Schlägen, ihren Plan zu vereiteln. Rati merkte sich, wann Devi in ihre Pause ging, wie lange sie jeweils weg war und wann sie längere Zeit nicht da war. Es stellte sich heraus, dass sie jeden Samstagabend für einen längeren Zeitraum verschwand. Die

Hexe hatte sonntags frei. Wahrscheinlich ging sie in das nächste Dorf. Sie blieb dann die ganze Nacht und den ganzen Tag weg. An diesem Tag hatte ein anderes, eines der älteren Mädchen, die Aufsicht. Diese schlief aber - in der Regel - schnell ein. Das, so entschloss Rati, war der beste Zeitpunkt, um aus der Fabrikhalle zu laufen, hinein in die Freiheit.

Die drei Tage bis zum Samstag schlichen dahin. Es fiel ihr zusehends schwerer, Murakha nichts zu sagen. Wie würde sie reagieren. Würde sie mitkommen? Alarm schlagen? Sie zurückhalten? Rati wusste es nicht. Sollte sie das Risiko eingehen und Murakha einweihen? Ihr tat Murakha so unendlich leid, sie konnte sie nicht hier lassen.

Der Samstag kam. Wie jeden Tag
wurden zwei Stunden gearbeitet,
bevor die Knüpferinnen ihr Frühstück bekamen. Reis, wie jeden
Tag. Mittags gab es eine Stunde
Pause, Gemüsereis und Tee.
Abends, wieder Reis. Endlich war
auch dieser Samstag vorbei. Rati
setzte sich neben Murakha und
flüsterte: »Heute werde ich
abhauen. Heute laufe ich weg.
Sobald Devi weg ist und die Streberin eingeschlafen ist, renne
ich weg.«

   »Aber die Tür is´zu.
Ab`espe`t.«

   »Ja, aber das Fenster, hinten
im Pausenraum von der Hexe ist
zwar zu, aber nicht versperrt.
Das heißt, wir können das Fenster
aufmachen, raus klettern und weglaufen.«

   »Wir? Ich auch? Ich soll mit?«

   »Willst du? Willst du denn
mit?«

Murakha nickte langsam und bedeutungsvoll. »Ja, ich will auch wech`. Alles ist besse` als hie`. Lieb` sterbe ich, als nochmal zu den Männe`n geh`n. Egal ob ich dabei sterbe. Ich will hier wech. Wohin wollen wi´ den lauf´n?«

»Egal. Nur weg. Je weiter, desto besser. Wir sind stark und klug.« Obwohl, Murakha war sicher stark, aber gewiss nicht klug. Aber Rati war sich sicher, sie war klug für sie beide!

Die alte Vorarbeiterin ging jeden Samstagabend zu einer Imbissbude in der Nähe ihrer Hütte. Dort gönnte sie sich Reis mit Fisch und Süßigkeiten. Anschließend nahm sie eine Flasche Arrak mit, einen Schnaps aus Palmwein und Reismaische. Sie würde nicht schlafen gehen, bevor die Flasche leer war. Früher, ja früher hatte sie nur samstags in netter Gesellschaft getrunken. Jetzt trank sie jeden Tag eine Falsche Arrak auf den Tag verteilt und samstags zwei. Es half ihr, ihren Arbeitstag zu überstehen. Es war nicht leicht. Aber besser Mädchen aus der Fabrik waren diesen perversen Männern zu Diensten als sie selber. Sie hatte jahrelang diese Art der Arbeit gemacht. Lange würde Murakha nicht mehr durchhalten. Nicht lange und sie musste sich für ein neues Mädchen entscheiden. Für Rati. Aber das hatte Zeit. Heute leistete die Flasche Arrak gute Dienste. Mit jedem Schluck verschwanden all diese quälenden Gedanken mehr und mehr im Nebel der Vergessenheit.

Rati war ganz übel, vor Aufregung. Heute! Heute war es so weit. Devi ging endlich und die hochnäsige Streberin übernahm das

Aufpassen. Schlaff saß sie auf ihrem roten Plastikstuhl. Da aber nie etwas Außergewöhnliches passierte, die Kinder an den Knüpfstühlen immer schnell einschliefen und tief und fest durchschliefen, gähnte sie schon nach wenigen Minuten. Es dauert nicht lange und Rati konnte das regelmäßige Atmen der Wärterin hören.

»So, nun komm, Murakha.« Rati stupste Murakha an und deutete ihr mitzukommen. Murakha tat wie geheißen und stand, etwas unsicher, auf. Leise tapsten die beiden dürren Mädchen in Richtung Pausenraum. Wie Diebe liefen sie gebückt, langsam und sehr achtsam durch die Fabrikhalle. Rati kam das Atmen der vielen Mädchen um sie herum extrem laut vor. So laut hatte sie es in den ganzen Jahren nicht empfunden.Aber diese Nacht unterschied sich doch eigentlich von den vielen anderen Nächten in nichts- außer ...

Dunkelheit und leichtes Schnarchen der vielen Teppichknüpferinnen erfüllten den Raum. Die Tür zum Pausenraum war, wie erwartet, nicht abgeschlossen. Allein die wenigen Schritte zum Fenster ließen Rati den Mund trocken werden. Ihre Hände hingegen, versuchte sie an ihrem Rock, trocken zu wischten. Zittrig öffnete Rati das quietschende Fenster. Würde sie jemand hören? Angstvoll lauten die beiden Mädchen in die Nacht hinein. Beherzt kletterte Rati hinaus in die Freiheit. Murakha beeilte sich, es ihrer Freundin gleich zu tun. In der großen Fabrikhalle bemerkte niemand etwas – allein das offene Fenster verriet: Sie hatten es geschafft und waren verschwunden. Rati und Murakha standen draußen in der Dunkelheit. Aber was war das? Hatte man ihre Flucht doch bemerkt? So schnell? Sie hörten das Brummen mehrerer Autos und sahen Scheinwerfer aufblitzen. So viele Autos? Beiden wurde flau im Magen. Man hatte ihr verschwinden bemerkt! Sie duckten sich tief ins Gebüsch, beobachteten mit aufgerissenen Augen, was vor sich ging. Drei Polizeiwagen und ein alter, klappriger Bus fuhren mit rutschenden Reifen vor. Hastig stiegen sechs Polizisten aus. Sie stürmten in die große Teppichknüpfhalle. Der Fahrer des Busses blieb sitzen. Zwei Frauen in langen grauweißen Kleidern stiegen aus.

Wie hatte man das Verschwinden der zwei so schnell bemerkt? Und wieso so viele Polizisten? Rati war ratlos. Wie konnten sie nur so schnell Bescheid wissen und kommen? Murakha und Rati wollten gerade aus ihrem Versteck hervorkriechen und aufgeben, als sie erschreckt sahen, wie die Knüpferinnen aus dem Lagerraum geführt wurden. Die Frauen in den langen Gewändern nahmen die Kinder in Empfang. Keines konnte fliehen. Ihr Schicksal war besiegelt. Für Murakha und Rati war klar, das war ihre Schuld. Es würde jedoch auch nichts ändern, wenn sie sich ergaben. Sie konnten keinen Einfluss nehmen.

Die Gefängniswärterinnen sperrten die Arbeiterinnen im Bus ein. Im Gefängnis würden sie, verprügelt – oder Schlimmeres. Dann eingesperrt, um dann später zur Schule gehen zu müssen. Alle, alle würden somit verhungern. Leider konnten die beiden Mädchen aus ihrem Versteck heraus nicht helfen. Ohnmächtig mussten sie mit ansehen, wie das ganze Gelände abgesucht wurde.

»Haben wir alle?« Hörten sie einen Polizisten rufen.

»Ich glaube schon«, kam es aus dem Inneren der Halle.

»Wo ist die Vorarbeiterin? Devi. Hat jemand diese Devi gesehen?«

Hektisch liefen die Polizisten hin und her.

»Nein, hier nicht.«

»Hier auch nicht.«

»Keine Spur.«

»Nicht zu finden, hat sich in Luft aufgelöst.«

»Die werden wir noch ausfindig machen. Sie wird ihrer Strafe nicht entkommen.«

»Lass abhau´n«, flüsterte Murakha. Ihre Augen waren immer noch weit aufgerissen.

»Nicht jetzt! Dann werden sie uns sehen. Wir warten, bis sie weg sind.«

»Hab´ doll Angst.«

»Ich weiß. Ich auch.«

»Sin´ nich´ wegen uns da?«

»Nein. Sie sind nicht wegen uns da«, log Rati, sie war sich sicher, dieser Einsatz war ihre Schuld und fühlte sich nicht wohl ihre Freundin anzulügen. »Die haben gar nicht gemerkt, dass wir fehlen. Und wenn die anderen dichthalten, werden sie auch nie erfahren, dass wir fehlen.«

Murakha wurde eine winzige Spur ruhiger. Die verschreckten Kinder im Bus waren viel zu sehr mit ihrem eigenen Schicksal beschäftigt, als dass sie das Verschwinden der beiden Mädchen bemerkt hätten.

Die Fahrzeuge drehten und rauschten davon. Als Rati und Murakha sicher waren, den Bus nicht mehr zu hören, atmeten beide laut aus.

»Puh, da haben wir aber mal Glück gehabt.« Rati lächelte

erleichtert. »Lass uns jetzt losgehen.«

Ab und zu schielte der Mond durch die Wolken und erhellte ihnen phasenweise die Straße, auf der sie entlang liefen. Mit jedem Schritt fühlte sich Rati leichter, euphorischer. Beide Mädchen rannten, bis sie vor Erschöpfung hinfielen.

»Wir brauchen eine Pause«, entschied Rati.

»Ja, kurz. Sie we´den uns jagen. Wi` haben Geld gekostet. Wi´ müssen a´beit`n. Wi´gehö`en denen.«

»Ja, ich weiß. Wir holen nur kurz Luft. Wenn wir wieder atmen können, laufen wir weiter. Obwohl, ich glaube nicht, dass uns einer verfolgt«, schnaubte Rati.

Rati und Murakha liefen drei Tage lang. Nachts rollten sie sich in

die Büsche und tagsüber gingen
sie, wenn auch langsam, am Straßenrand entlang. Einmal durften
die Mädchen mit einem alten LKW
mitfahren, fast zwei Stunden
hatten sie auf der Ladefläche
gesessen und wurden durchgeschüt-
telt.

Am Morgen des vierten Tages
kamen sie an den Rand einer
großen Stadt, Ratis Heimatstadt
Surat.

»Ich hab´ Hunge´!«, jammerte
Murakha.

»Ich auch.«

»In der Fab´ik gab´s Reis.«
Murakha zog eine Schnute.

»Ja, Murakha. Und dann würde
Devi kommen und dich holen.«
Murakha schwieg entsetzt. Aber
der Hunger tat weh.

»Wi´ müssen essen, sonst ver-
hunge´n wi´. Ne`?«

»Sollen wir etwa betteln?«,
empörte sich Rati.

»Hast du eine besse´e Idee? WI´
hätten zwei kleine Teppiche mitnehmen sollen.«

»Klauen? Spinnst du?«

»Ja, klauen. Wi´ haben so viele
gemacht, da hätten wi´jede einen
verdient. Wenigstens einen Kleinen.«

»Ich will nie wieder einen Teppich sehen. Nie wieder.«

»Also doch betteln?«

Murakha hatte beim Betteln gute
Chancen. Ihr schiefes Gesicht,
die fehlenden Zähne und ihr
dürres Gestell, ließen Menschen
weich werden und einige Rupien
spendieren. Gegen Mittag konnten
sie sich immer mindestens zwei
Portionen Reis mit Gemüse leisten.

Die Monate vergingen und die zwei
Mädchen erbettelten sich ihren
Überleben. Sie gingen immer
weiter in die Stadt hinein und

blieben nirgendwo lange. Ihre
Angst erkannt und wieder zurück-
geschickt zu werden, war zu groß.
Sie blieben lieber in Bewegung.
Das war natürlich Ratis Idee. Sie
war fest davon überzeugt, dass
die Hexe mit Erfolg alles daran
gesetzt hatte, dass sie überall
gesucht wurden. Von allen Polizisten, vielleicht sogar auch von
den Gefängniswärterinnen in ihren
grauen Kleidern.

# Kapitel 9 Begegnung mit Liem

Liem war ein junger, stolzer,
indischer Mann, der nicht wusste,
wohin mit seiner Kraft. Überzeugt
von seinem unwiderstehlichen
Charme, ließ er keine Möglichkeit
aus, kleine Mädchen zu bekommen.
Die beiden Mädchen, die auf der
Bordsteinkante saßen und das
Treiben auf der Straße beobachteten, kamen ihm gerade recht.
Selbstbewusst und mit einem
strahlenden Lächeln schreitet er
zu den beiden Mädchen hinüber.
»Hallo ihr Schönen.«
Rati und Murakha waren ver-
dutzt. Sagte er gerade Schönen?
»Na? Wie geht es euch? Ihr seht
aus, als könntet ihr einen Job
gut gebrauchen. Einen, bei dem

man gutes Geld verdienen kann.
Viel gutes Geld.«

»Hm, ja sicher«, antwortete
Rati vorsichtig. »Was sollen wir
den machen?«

»Ach«, winkte Liem ab, »ganz
einfach. Erzähle ich euch später.
Wo kommt ihr den her?«

»Von da.« Rati zeigte nach
rechts.

»Aha, und wo wollt ihr hin?«

»Nach da.« Nun zeigte Rati nach
links.

»Jetzt verstehe ich. Wo sind
denn eure Eltern? Hm? Wo warten
die denn auf euch süßen Mädchen?«

»Das geht dich nichts an. Was
willst du von uns?«

»Nichts. Ich wollte nur nett
sein. Es scheint mir, als seid
ihr fremd hier. Ich wollte nur
meine Hilfe anbieten. So hübsche
Mädchen, alleine hier auf der
Straße, da kann doch alles möglich passieren.«

»Wie willst du uns denn helfen?« Rati wurde neugierig. Der junge Mann schien ja wirklich freundlich zu sein. Auch wenn er ab und zu etwas aus einer schmutzigen Tüte inhalierte.

»Wisst ihr was? Ich bin heute in Spendierlaune. Wollt ihr was Leckeres essen?« Liem nahm einen erneuten tiefen Luftzug aus seiner Plastiktüte.

»Du willst uns was kaufen?« Murakha misstraute dem jungen Mann und beobachtete ihn argwöhnisch.

»Ja, ich habe heute gutes Geld verdient. Also kommt schon. Was mögt ihr? Süßigkeiten? Ich wette, ihr mögt Süßigkeiten.« Liem legte sein charmantes Lächeln auf, seine strahlend weißen Zähne leuchteten.

»Ja! Ich mag Reisküchlein!«, platzte es aus Rati heraus.

»Reisküchlein? Aber sicher.
Kommt, wir gehen Reisküchlein
kaufen. Für jede von euch ent-
zückenden Mädchen zwei dicke
Reisküchlein. Was sagt ihr?«

Rati war augenblicklich total
aufgeregt. Endlich gab es wieder
Reisküchlein. Ihre absolute Lieb-
lingsspeise.

Liem schien genau zu wissen,
was kleine Mädchen gerne mochten.
Und er wusste auch nur zu genau,
wie er die Mädchen beeindrucken
konnte. »Na dann mal los. Wir
wollen ja nicht, dass die Reisküchlein jemand anderes bekommt.
Wie sieht es mit Limonade aus?
Mögt ihr Limonade?«

Natürlich mochten sie! Zusammen
mit Liem schlenderten sie die
Straße entlang, aßen Reisküchlein
und tranken gelbe Limonade.

»Und? Wo gehört ihr hin? Wo
wohnt ihr? Zu wem gehört ihr?«

Die Fragen stellte Liem beiläufig.

Rati war die, die antwortete. »Wir gehören niemanden. Wir wohnen überall, wo es uns gefällt.«

»Und wer gibt euch zu essen?«

»Wir betteln«, warf Murakha ein.

»Ihr geht betteln? Beide? Das ist gefährlich. Die Bettlergilde bringt euch um, wenn sie das erfährt.«

»Ja, wir beide gehen Betteln. Aber Murakha verdient viel mehr als ich. Trotzdem teilen wir immer. Wir sind beste Freundinnen.«

»Das glaube ich euch. Beste Freundinnen, das sieht doch jeder sofort.« Die Schöne und das Biest dachte er bei sich. »Ich kann euch bestimmt etwas Ertragreicheres vermitteln, wenn ihr nicht mehr betteln wollt und lieber etwas Lukrativeres machen möchtet.«

»Was meinst du?«

»Ach, ist doch egal. Heute will ich nicht an die Arbeit denken. Bei so netten Ladys! Lasst uns anschließend noch etwas Gemüsereis in der Garküche essen. Die haben einen großen Fernseher. Gleich kommt eine tolle Serie. Mit viel Tanz und vielen bunten Kostümen. Genau das Richtige für euch Prinzessinnen.« Er redete mit all seinem Charme, unterbrach sich nur kurz, um einen tiefen Zug aus einer Tüte zu holen, die er immer bei sich trug.

Rati war vor Glück ganz trunken. Geschah das wirklich? Hatten sie so viel Glück? Der hübsche, junge Mann mochte sie tatsächlich. Sie und Murakha. Endlich wandelte sich das Schicksal zum Guten.

Nach einem langen Tag nahm Liem beide Mädchen mit nach Hause, wo sie in seinem Bett schlafen durften. Er selber legte sich auf den nackten Boden. Die Mädchen waren erwartungsgemäß tief beeindruckt.

»Der sheint nett zu sein. Seh` nett. Findest du nich´auch? Ne?«, lispelte Murakha. Ihr schiefer Kiefer und die fehlenden Zähne verschluckten so manchen Buchstaben. Aber Rati hatte sich daran gewöhnt und verstand immer, was sie sagte.

»Ja, wirklich. Wir haben endlich mal Glück. Vielleicht gibt er uns auch Frühstück.«

»Oh, ja. Lässt uns hier slafen. Slafen in seinem echten Bett. Morgen essen, ohne betteln.« Tief in ihrem Inneren misstraute Murakha diesem Glück. Sie legte sich eng an Rati und beide schlief tief und fest.

»Ja, wirklich, es ist schön, mal in einem echten, richtigen Bett zu schlafen.«

Nun ja, es war ein echtes Bett, wenn auch ein altes, rostiges, aber immerhin keine Holzbank und kein Straßenboden. Die Mädchen fühlten sich zum ersten Mal in ihrem Leben wertgeschätzt. Lächelnd schliefen beide ein. Auch Liem lächelte.

»Guten Morgen, meine Schönen.«

»Guten Morgen, Liem.«

»Ich muss jetzt arbeiten gehen. Bleibt ruhig noch eine Weile hier. Ich bin in ein paar Stunden zurück. Es gibt noch ein wenig Reis im Topf, den könnt ihr gerne haben. Bis später.«

»Ja, danke. Lieb von dir. Bis später.«

Rati und Murakha machten sich über den Reis her und gingen dann vor die Tür. Zweifelsohne wirkten

Liems Schmeicheleien bei Rati
wesentlich besser als bei Murakha. Rati hatte noch nie erlebt,
wie sich jemand für sie ein-
setzte. Murakha, sonst nicht die
hellste Kerze auf der Torte,
misstraute Liem von Stunde zu
Stunde mehr. Mit Männern, die
schön reden, hatte sie böse, sehr
böse Erfahrungen gemacht.

Nach wenigen Tagen des Verwöhnt-
Werdens wurde Liams Ton etwas
fordernder. »So, ihr Lieben, ihr
wisst, ich mag euch sehr. Außer-
ordentlich sogar. Aber, selbst
ich, Liem, kann nicht ewig zwei
Mädchen ernähren. Gestern die
hübschen Kleider, heute neue
Flipflops.« Solche und ähnliche
Sprüche bekamen die Mädchen von
Lien häufiger zu hören,
    »Nich´ gut Mann«, flüsterte
Murakha nun auch immer häufiger.

»Nich´ gut. Nich´ gut Mann.« Ihre
Alarmglocken läuteten Sturm.

Aber Rati wollte davon nichts
wissen. Sie fand Liem nett. Jeder
konnte doch erkennen, dass Liem
sich um die Mädchen sorgte und
ihnen nur Gutes tun wollte. Er
hatte ihr ein kurzes, buntes,
neues Kleid geschenkt.

»Du bist ja nur neidisch. Dir
hat er kein so schönes Kleid
geschenkt. Eifersüchtig bist du!
Jawohl. Das hätte ich von dir
nicht gedacht. Du gönnst mir wohl
gar nichts. Dir geht es doch auch
gut.«

»Ich nich` eifersüchtig´. Der
will schlimmes!« Murakha
beschlich leise Panik und ihre
Stimme wurde ganz pipsig.

»Natürlich. Wir können ihm ja
nicht ewig auf der Tasche liegen.
Gestern habe ich ihn nach der
Arbeit massiert.«

»Wo?«

»Am Rücken. Er war so erschöpft
von der Arbeit.«

»Was fü´ Arbeit macht de`?«

»Ich weiß es nicht. Ist doch
auch egal. Ich massiere und er
bringt das Essen. Ist doch toll.
Ich weiß wirklich nicht, was du
hast.«

»Rati, der will bald ander´
Sache` machen, schlimmere
Sache`.«

»Andere Sachen? Du meinst wir
sollen arbeiten? Na, da hat er ja
wohl recht. Wir sollten auch
etwas für unser Essen tun. Fin-
dest du nicht?«

Murakha verschluckte vor Aufregung wieder mal die Hälfte der
Worte, schlimmer als sonst.
»Liebe` bette´. Rati. Bettel` is`
besse`.« Murakha hatte Tränen in
den Augen und war ganz aufgeregt.
»Dann geh´ ich wech. Ich
geh´wech.« Murakha machte wieder
ihre beleidigte Miene.

»Dann geh doch weg. Ich komme auch ohne dich klar. Endlich ist mal jemand nett zu uns, da willst du es ruinieren. Kannst du denn nicht ein bisschen dankbar sein? Nein? Dann hau doch ab.«

Rati glaubte nicht wirklich, dass Murakha sie verlassen könnte, zu viel hatten sie bisher gemeinsam erlebt. Aber Murakha schaute sie daraufhin nur entsetzt an und ging. Ging tatsächlich einfach »wech«. Sie würde sicher bald zurückkommen.

Murakha sollte Recht behalten. Aus Rückenmassage wurde erotische Massage und wenige Tage, nachdem Murakha gegangen war, wurde Rati ihrer Bestimmung, wie Liem es nannte, zugeführt.

Rati lag auf Liems Bett und weinte.

»Warum weinst du, meine Schöne?«

»Du hast mir weh getan. Schrecklich weh. Warum hast du das getan?«

Liem hielt Rati zärtlich in seinen Armen. »Aber, aber, weine nicht. Frauen sind dazu geboren. Sie sind dafür bestimmt, glaube mir. Du musst ja irgendwann mit einem Mann schlafen. Da ist es doch besser, wenn ich das mache. Ich weiß, was ich tue. Jemand anderes hätte dir sicherlich noch viel mehr weh getan, nicht jeder macht es so vorsichtig wie ich. Glaube mir Rati. Es musste sein. Je früher, desto besser.«

»Wieso ist es früher besser?«

»Na, weil du dann früher Geld verdienen kannst.« Liem nahm wieder einen tiefen Zug aus seiner Tüte.

»Aber, aber, ich kann doch auch Geld verdienen, wenn ich nicht mit einem Mann geschlafen habe.« Rati fing an zu stottern.

»Ach Rati, meine süße, hübsche Rati. Du kleines dummes, zauberhaftes Wesen. Ich werde dir in den nächsten Tagen zeigen, wie du viel Geld verdienen kannst. Vertrau mir. Habe ich dich nicht bisher gut versorgt? Ich Versproche dir, du wirst gutes Geld verdienen. Ich habe dich doch lieb. Du willst mich doch nicht enttäuschen, oder?«

»Nein, natürlich nicht. Okay.« Rati glaube Liem, er war ein guter, kluger Mann, der sie sehr liebte. Er würde immer das Richtige tun. Ganz bestimmt.

Rati war verliebt.

Murakha und Rati trafen sich nur noch selten in den Straßen von Surat. Sie saßen dann in einer Garküche oder am Straßenrand und plauderten. Gedankenversunken saß Rati auf dem Rinnstein neben ihrer Freundin

»Was is` los? Was hass´e?«

Neugierig und ein wenig besorgt sah Murakha in Ratis grübelndes Gesicht.

»Ich will mein früheres Zuhause suchen.« Stellte sie mit fester Stimme fest.

»Weißt`e denn wo?«

»Eben nicht! Ich kann mich an keine Adresse erinnern.«

»Das is` aber blöd!«

»Aber weißt du, jemand müsste doch wissen, wo der Teppichhändler wohnt!«

»Was?« Murakha würde schlagartig blass, »willst´e zu dem? Nee, tu dat nich´. Nich´ da hin!«

»Wenn ich sein Haus finden würde, könnte ich den Weg zu unserem früheren Haus finden. Den Weg kenne ich bestimmt noch. Ich bin so oft mit meiner Mama den Weg gegangen.«

»Der darf uns abe´ nich` sehen, der b´ingt uns zurü´ und wi´

kriege´ Dresche. Dresche. Ganz
viel Dresche.« Die letzten Wörter
schrie Murakha voller Verzweif-
lung.

»Der wird uns nicht sehen. Ich
brauche nur sein Haus sehen. Mehr
nicht. Nur ganz kurz. Wir können
uns ja verstecken«, versuchte
Rati Murakha zu beruhigen.

Murakha nagte nervös an ihrer
Unterlippe.

Rati sprach in den nächsten Tagen
mit allen möglichen Leuten. Jeder
der eine Geschäft besaß, wurde
befragt. Ein Teppichhändler
sollte doch bekannt sein. In
einer Teppichhandlung – oh Wunder
– wurde sie schließlich fündig.
Der Besitzer erläuterte Rati
genau, wie sie zu ihrem Teppichhändler kam. Überschwänglich
rannte sie zurück zu ihrer Freundin, die selbstredend zurück-
geblieben war.»Ich weiß, wo er

wohnt! Endlich! Ich weiß es!«
Rati hüpfte vor Vergnügen. »Lass
uns zum Haus laufen, jetzt.«

»Nein, geh erst wenn es dunkel
is´. Geh´ im Dunkeln hin, dann
kann er dich nich´ seh´n. Bitte
Rati!« Flehend schaute Murakha
auf ihre kleine Freundin.

»Okay. Wir gehen, sobald es
dämmert.«

»Nein. Geh´allein. Ich will
nich´mit.«

Unsicher blieb Murakha still
neben Rati sitzen. Sie würde auf
keinen Fall mitkommen. Nein,
nichts würde sie in die Nähe des
Mannes bringen, der ihr so viel
Leid zugefügt hatte. Auch nicht
Rati zuliebe. Nun stand für
Murakha fest, sie würde sich endgültig von Rati trennen müssen
und noch seltener oder gar nicht
mehr mit ihr treffen.

Sobald die Sonne sich anschickte unterzugehen, lief Rati los. Sie war nicht böse, dass sie alleine losziehen musste. Es war ihr sogar lieber.

Das Haus des Teppichhändlers war viel kleiner und schmutziger, als sie es in Erinnerung hatte. Nur ein kurzer Blick auf das Haus reichte ihr und von hier aus kannte sie den Weg zu ihrer Hütte auswendig. So schnell ihre dürren Beine sie trugen, rannte sie die engen Gassen entlang. Ihr Herz klopfte bis zum Hals und sie bekam Seitenstiche. Nun stand die Hütte unmittelbar vor ihr. Die rosa Farbe auf der Haustür war abgesprungen und das alte Schloss verbogen. Es sah aus, als hätte man die Haustür vor langer Zeit einmal eingetreten. Vorsichtig lugte Rati durch das Plastikfenster. Ein Paar mit zwei Kindern saßen um einen kleinen Tisch auf dem Lehmstampfboden und aßen zu Abend. Rati kannte diese Leute nicht. Enttäuscht zog sie sich zurück. Was hatte sie erwartet? Ihre Mutter war schon fast vier Jahre tot. Die Hütte war natürlich nicht lang leer geblieben, wurde sicher schnell wieder vermietet.

Zarina, fiel es ihr schlagartig ein. Drei Häuser weiter hatte die beste Freundin ihrer Mutter, Zarina, gewohnt. Zarina konnte sich sicherlich an sie erinnern. Sie war immer so nett. Fluchs lief sie zu ihrem Haus.

Vor der Haustür hielt sie inne. Wenn sie nun auch nicht mehr da wohnen würde? Oder sie sie nicht erkannte? Es waren schließlich fünf Jahre vergangen. Die Unsicherheit war aber nur von kurzer Dauer. Beherzt klopfte sie dreimal laut an die Tür. Von innen vernahm Rati schlurfende

Schritte. Die Tür wurde langsam und vorsichtig geöffnet.

»Wer ist da? Was willst du hier? Ich gebe Bettlern nix. Hau ab«, schimpfte Zarina und versuchte Rati wegzuscheuchen.

»Aber, aber, ich, ich bin es. Rati. Rati, die Tochter von Gowri.« Verzweiflung lag in ihrer Stimme.

»Rati? Rati, bist du es wirklich?«

»Ja, ja, ich bin es wirklich. Hallo Zarina.«

»Sieh da. Die feine Dame kommt zu Besuch. Lässt dich nach so vielen Jahren auch mal blicken. Du lebst doch bei dem reichen Teppichhändler auf dem Land. Was willst du plötzlich hier? Was ist los? Wie siehst du aus?«

»Ähm, ja, auf dem Land habe ich gewohnt. Na ja, nicht gewohnt, gearbeitet.«

»Gearbeitet? Du? Wir dachten, du gehst auf eine feine Schule.« Zarina war neugierig geworden und ihre Gesichtszüge weicher. »Komm erst einmal rein. Möchtest du was zu essen? Du siehst hungrig aus.«

»Ja, das bin ich.« Rati war erleichtert. Zarina war so freundlich, wie sie die Freundin ihrer Mutter in Erinnerung hatte. Zuerst verputzte sie eine riesige Schale Nudeln mit Gemüse und, nachdem sich ihre Aufregung gelegt hatte, stellte sie sich Zarinas Fragen und beantwortete jede.

»Wie bitte?« Zarina war fassungslos. »Wir dachten, du lebst in dem Landhaus des dicken Teppichhändlers und würdest auf eine gute Schule gehen. Das hat der zumindest erzählt. Du seist eine der besten Schülerinnen, sehr fleißig und würdest jeden Tag hübscher. Wir waren so froh darüber. Wir haben uns so für dich gefreut.«

»Nein. Von der ersten Minute an musste ich Teppiche knüpfen. Erzählst du mir von meiner Mama?«

»Da gibt es nicht viel zu erzählen. Keine vier Monate nachdem du weg warst, ist sie gestorben.«

»Und die Hütte? Und die Sachen von meiner Mama?«

»Die Hütte wurde schon zwei Tage später erneut vermietet.«

»Wer hat die Tür eingetreten? Ist meiner Mama was Schlimmes passiert?«

»Nein. Als sie von uns gegangen war, ist Pradeep rüber, um die Nähmaschine zu holen. Die hatte sie mir ja versprochen. Der Vermieter hatte aber schon ein neues Schloss angebracht. Mein Mann hat dann einfach die Tür eingetreten, um alles raus zu holen.«

Rati schaute sich in der Hütte um. »Wo ist die Nähmaschine? Und, wo ist dein Mann?«

Zarina machte eine abwertende Handbewegung. »Der hat sich totgesoffen. Lag einfach eines Morgens tot in seinem Erbrochenen. Ekelhaft. Gerade mal ein halbes Jahr her.«

»Oh je. Du Arme.«

»Nein, nein. Was Besseres hätte mir doch gar nicht passieren können. Jetzt säuft mir keiner mehr mein Geld weg.«

»Und die Singer?«

»Versoffen.«

»Versoffen?«

»Ja, versoffen. Er hat die Nähmaschine, sämtliche Stoffe und alles, was zu Geld gemacht werden konnte, mitgenommen. Innerhalb kürzester Zeit hat er die Sachen verkauft und das Geld versoffen.«

»Aber jetzt ist er tot.« Ratis Schultern sackten herab.

»Ja. Ich, aber habe ja noch meine Putzstellen. Manchmal gehe ich auch betteln. Aber, nun ist es mein Geld. Nur mein Geld! Und du, Herzchen? Was machst du so?«

»Nun, meistens arbeite ich auf der Müllkippe.« Log Rati. Von ihrem Job, dem bei Liem, erzählte sie nichts.

»Willst du nicht bei mir wohnen?«

»Nein. Ich wohne mit einer Freundin zusammen, in einem kleinen Zimmer. Ich kann sie nicht im Stich lassen«, log Rati erneut. Sie wollte auf keinen Fall bei ihr wohnen. Ihre Tätigkeit bei Liem würde Zarina sicher nicht gutheißen, aber sie liebte nun mal Liem und würde sich mit ihm eine Zukunft aufbauen.

»Du bist für deine elf Jahre schon ein sehr erwachsenes Mädchen, aber eben erst elf. Willst du es dir nicht doch überlegen?

Ich habe Platz für dich und deine
Freundin. Du kannst ja kommen,
wenn du es dir anders überlegt
hast. Okay?«

»Ja, gut. Aber ich glaube
nicht. Ich danke dir für das
leckere Essen. Die Götter sollen
die beschützen.«

»Dich auch liebe Rati. Dich
auch.«

# Kapitel 10 Müllhalde und Sandtaucher

Rati erwachte. Ohne das schwarze, schmerzende Hungerloch im Bauch. Sie lief zur großen Müllhalde. Es war fast aussichtslos, dort einen guten Platz für brauchbaren Müll zu bekommen, wenn man zu spät kam. Aber vielleicht hatte sie ja Glück. Es war noch sehr früh. Sie konnte sicher etwas finden, bevor die Großen sie verscheuchten.

Ihre neuen Flipflops erleichterten das Laufen auf dem Schotter. Die spitzen Steine konnten ihr so nichts anhaben. Auch das Klettern auf dem Müll erleichterten die Gummilatschen. Nachdem sie eine Woche dem Australier zu Diensten war, hatte ihr Hintern eine Pause verdient. Auf der

Müllhalde konnte man immer etwas finden, das sie zu Geld oder Essen machen konnte. Sie kannte weder Scheu noch Ekel, auch an den unappetitlichsten Stellen zu suchen. Natürlich, sie fand auch tote, halbverweste Tiere. Einmal sogar ein stinkendes, totes Baby. Aber an diesem Tag war sie wenig erfolgreich. Zumindest konnte sie sich Reis mit Gemüse leisten, sogar zwei Portionen. Alles in allem ein erfolgreicher Vormittag.

Rati saß auf der Bordsteinkante und schaufelte ihren Reis mit der rechten Hand in sich hinein. Am Tisch hinter ihr erzählte ein, immer wieder hustender junger Mann, etwas Erstaunliches. Etwas, das sie aufhorchen ließ. »Ja, wirklich, als Sandtaucher kannst du mehr verdienen als auf der Kippe. Viel mehr. Ehrlich. Die ist einfach zu überlaufen. Da läuft doch jeder hin. Als Sandtaucher bist du gefragt. Die werden immer gesucht. Ehrlich. Ich schwöre!«, hustete der junge Mann.

So einen riesigen Unsinn hatte Rati noch nie gehört. Der foppte hier wohl die Leute. Rati drehte sich um und erhob sich. Mit dem Handrücken wischte sie über ihren Mund und mischte sich in das Gespräch ein. Dem würde sie mal die Meinung sagen. »Du Spinner. Keiner kann im Sand tauchen. Da kommst du doch gar nicht rein, erst recht nicht runter. Was kann man dann da auch finden? Wonach willst du denn da tauchen? Käfer? Du spinnst ja! Da kannst du doch gar nichts sehen. Und, und Luft kriegst du da unter auch nicht. Nie im Leben! Lügner! Such dir jemanden anderen zum Reinlegen.«

»Was mischst du dich ein, du knochige Zwergin! Hau ab. Ich tauche nicht im Sand, sondern nach Sand.« Triumphierend stemmte der Mann seine Fäuste in die Hüften.

»Nach Sand? Und was soll das? Wozu? Was willst du damit? Wer kauft dir Sand ab? Wozu auch? Schwachsinn. Hier liegt doch überall Sand rum! Da brauchst du doch nicht nach zu tauchen. Wo willst du den tauchen? Du bist ja verrückt.« Rati drehte sich um und schickte sich an zu gehen.

»Wir tauchen an Seilen runter bis zum Meeresboden, dann machen wir die Eimer voll, oben leeren wir sie im Boot. Den Sand ver- kaufen wir dann an einen LKW-Fahrer. Der gibt gutes Geld für eine Schiffsladung voll mit Sand. Wenn du es wissen willst, du freche Zwergin.«

»Und wozu? Was macht der mit einem ganzen Lastwagen voller Sand aus dem Meer? Sammel doch den Sand auf dem Land, vor der Stadt, ist doch viel einfacher. Da liegt der doch massenhaft rum.«

»Es geht dich zwar nichts an, aber ich sag es dir trotzdem. Den Sand vom Land wollen die Käufer nicht. Die merken den Unterschied. Keine Ahnung wie, aber die merken das. Den Sand aus dem Meer bekommt dann jemand, der damit ein Haus baut.«

»Da hast du es. Du Lügner! Jetzt hast du dich selber als Lügner verraten! So ein Quatsch. Hältst du mich für total plemplem? Keiner kann ein Haus aus Sand bauen. Kali soll dich holen. Ein Haus aus Sand! Hat man sowas schon gehört? Du hältst uns wohl für komplett bekloppt.« Die Leute, die diesem Gespräch folgten, lachten und stimmten Rati, der knochigen Zwergin, zu.

»Sand braucht man, um Beton herzustellen! Das machen die Käufer daraus! Beton! Und die brauchen viel Sand. Guten Sand. Unseren Sand. Unser Sand ist der beste der Welt. Bester Sand für besten Beton!« Seine Brust schwoll an, als er sich demonstrativ mit seinen Fäusten dagegen schlug. »So hat es mir mein Vorarbeiter erklärt. Und der ist ein studierter Mann. Der muss es wissen. Der lügt nicht. Außerdem verdient man gut als Taucher. Es werden immer gute, starke Männer gesucht. Mit starken Lungen.«

Dass er nach dieser überzeugenden Rede einen Hustenanfall bekam, schien ihn nicht zu interessieren.

»Kann ich das auch machen?« Rati fing an, dem Mann zu glauben.

»Nee, du Zwergin doch nicht. Nein, deine Lungen würden glatt platzen. Das ist reine Männerarbeit.«

Rati war sich nicht sicher, ob er die Wahrheit gesagt hatte oder ob er sie ganz doll hinters Licht geführt hatte. Wegen des Sandes und dass sie es nicht machen könnte. Sie war stark. Sie arbeitete manchmal zwölf Stunden auf der Kippe. Und die Arbeit mit den Touristen war auch nicht einfach, sondern verdammt anstrengend. Atmen konnte sie sehr gut, jedenfalls musste sie nie husten. Außer, wenn sie sich mal verschluckte. Aber das würde sie niemanden erzählen. Nein, sie konnte auch nach Sand tauchen. Einfach an einem Seil festhalten und runter. Sand in einen Eimer und wieder rauf. So schwer hörte sich das nicht an. Und stinken tut es unter Wasser auch nicht. Jedenfalls kann es ja unter Wasser nicht so sehr stinken wie auf der Müllkippe. Und weh tut es auch nicht. Also, immer noch besser als wieder zu den Touris oder der Kippe. Und wenn man da gut verdient. Mal echtes Geld verdienen. Nicht immer nur für eine Mahlzeit schuften. Warum nicht. Was spricht dagegen? Nichts!

Je länger sie darüber nachdachte, je besser gefiel ihr der Gedanke. Rati, die Sandtaucherin. Rati, die beste Sandtaucherin Indiens. Ja, sie war jung genug, um in ein paar Jahren eine der Besten zu werden. Sie musste sich nur anstrengen. Und das konnte sie. Das hatte sie schon oft machen müssen, sich richtig doll anstrengen. Sie musste nur Liem ausweichen. Wenn er sie erwischte, dann gäbe es keine Gnade.

Liem mochte es nämlich gar nicht, wenn sie was anderes machte, als die weißen Touristen zu bedienen. Sie konnte sich noch allzu gut an die Prügel erinnern, die sie einstecken musste, als er einmal bemerkte, dass sie auf der Müllkippe gearbeitet hatte, obwohl Kundschaft da war. Oder, wenn sie mehrere Tage nicht zur Arbeit kam. Natürlich wusste Rati, dass sie eigentlich zur Schule gehen sollte. Aber sie konnte nicht beides – arbeiten, um sich ihr Essen zu verdienen, und zur Schule gehen. Das, davon war sie überzeugt, konnten nur reiche Menschen. Wie die in ihren Serien, die sie immer noch sehr gerne sonntags sah. Außerdem, was sollte die Schule ihr schon beibringen, was sie nicht schon wusste. Alles, was sie in ihrem Leben brauchte, konnte sie bereits. Schreiben? Wozu? Sie hatte noch nie etwas aufschreiben müssen. Es fand sich immer jemand, der lesen konnte. Falls, also falls, sie mal was lesen müssen sollte. Rechnen? Die Beträge, mit denen sie es zu tun hatte, damit konnte sie umgehen. Kein Problem. Sie brauchte keine Schule. Das Leben war ihre Schule. Und sie kam wunderbar zurecht.

Zufrieden rieb sich den Bauch. Herrlich, die zwei Portionen Reis mit Gemüse hatten gut getan. Gähnend schlich zu ihrer Schlafstätte. Nach diesem anstrengenden Tag auf der Müllhalde würde sie gut schlafen. Sie wollte morgen möglichst früh raus zum Strand. Dahin, wo dieser studierte Vorarbeiter war und die Sandtaucher einstellte. Die Idee als Sandtaucherin zu arbeiten gefiel ihr außerordentlich gut. Gut, dass sie nicht schwimmen konnte, spielte in ihrer Überlegung keine Rolle. Die meisten Sandtaucher können nicht schwimmen. Wozu auch? Sie zogen sich doch nur an einem Seil bis zum Boden und dann wieder am Seil hoch. Was sollte da passieren?

Sobald Rati eingeschlafen war, erwachte Sadhana, die Angebetete Traumgestalt. Elegant entschlüpfte sie ihrem Himmelbett und streifte ihre kleinen, mit Glasperlen geschmückten Pantoffeln über. Die Eltern saßen, wie jeden Morgen, an dem überfüllten Frühstückstisch.

»Guten Morgen, mein Augenstern.«

»Guten Morgen, Papa.«

»Guten Morgen, Prinzessin.«

»Guten Morgen, Mama.«

»Nun meine leuchtende Blume, was willst du heute machen?«

»Oh, Papa, lass uns heute an den Strand fahren und ein bisschen im Sand spielen. Ja?«

»Aber sicher, Augenstern, gerne. Lass uns sofort fahren und ein Picknick am Strand machen. Mit allen Leckereien, die du gerne magst.«

»Au ja. Wir nehmen ganz viele Reisküchlein mit. Ja?«

»Aber ja. Natürlich.«

Sadhana und ihre Eltern fuhren mit einem rosaroten Mercedes an den Strand. Diener breiteten eine Decke aus, Liegekissen, zwei Sonnenschirme und Spielzeug für den Sand. Sadhana füllte Sand in einen Eimer und stülpte ihn um, um Sandkuchen herzustellen. Leider fielen sie immer wieder zusammen. Papa wusste auch keinen Rat. Sadhana wurde ärgerlich. »Lass uns nach Hause fahren. Ich will nicht mehr mit Sand spielen. Ich will mit Beton spielen!«

»Gut, es ist ja auch schon spät. Bis wir zuhause sind, ist es dunkel. Fahren wir morgen noch einmal hier hin. Dann kannst du mit Beton spielen. Okay«

Missmutig stampfte Sadhana zum rosaroten Mercedes.

# Kapitel 11 Auf See

Gleich am nächsten Morgen stand
Rati wie geplant, besonders früh
auf, um den weiten Weg zum Ufer
zu laufen. Es dauerte eine Weile,
bis sie die etwas versteckte
Stelle fand, wo der Vorarbeiter
die Auswahl der Taucher vornahm.

Circa acht junge Männer und ein
paar dürre Frauen standen im
Pulk, um den in weiß gekleideten
Mann am kleinen Tisch. Kein
Gedränge, kein Geschubse. Stille.
Der Mann im weißen Kaftan schrieb
etwas — wohl die Namen — auf eine
Liste und gab jedem einen Eimer
mit einem langen Seil dran.

Aha. Der Mann gestern hatte
also recht gehabt. Der hatte doch
tatsächlich nicht gelogen. Als
Letzte stand Rati vor dem Tisch.

»Du? Du willst nach Sand tauchen?«, fragte der Mann gleichgültig, ohne sie eines längeren Blickes zu würdigen.

»Ja sicher.« War Ratis feste Antwort.

»Wissen deine Eltern, dass du hier bist?« Der Vorarbeiter schaute sich bei diesen Worten langsam um.

»Ich habe keine Eltern mehr, ich bin alleine.«

»Ah, oh, ok, bist du schon einmal getaucht?«

»Ja, schon oft, letztes Jahr.« Diese Lüge ging ihr leicht über die Lippen. Dabei versuchte sie, einen wissenden Eindruck zu machen.

»Ach so? Ja dann. Hier hast du deinen Eimer. Du wirst nach Gewicht bezahlt. Hoffentlich bist du stärker, als du aussiehst.«

»Ja, bin ich. Das bin ich! Ehrlich.«

»Ok, dann ab auf das Boot.«

Rati kletterte etwas ungeschickt auf den alten Kutter und hoffte, nicht allzu dumm auszusehen. Das Boot war ein klappriges, rostiges, kleines Frachtschiff. Es wunderte Rati, dass diese Rostlaube auf dem Wasser schwamm. Aber, selbstbewusst, mit etwas wackligen Beinen, kletterte sie weiter auf das verrostete Schiff und hielt sich krampfhaft an der Reling fest.

Wenig später tuckerte der kleine Frachter unter bestialischen Dieselgestank auf die offene See. So hatte sie sich das nicht vorgestellt. Ehrlich gesagt, hatte sie so weit noch gar nicht gedacht. So viel Wasser. Das Schiff schaukelte ununterbrochen und der Diesel stank dermaßen, er biss regelrecht in ihre Nase. Rati war es nach kurzer Zeit hundeelend. Sie fühlte sich richtig krank. Ausgerechnet jetzt musste sie krank werden. Sie würgte bereits und schluckte ihre Spucke wieder runter. Wenn sie etwas gegessen hätte, es wäre wieder hochgekommen. Womit hatte sie sich nur angesteckt? Machte die Meeresluft sie etwa krank?

Von einer Seekrankheit hatte Rati noch nie gehört. Wo konnte sie sich nur so schnell angesteckt haben? Im Slum und bei ihrer Arbeit erzählten sich die Leute immer, wo man sich mit verschiedenen Krankheiten anstecken konnte. Und wie man sie bekam. Aber immer waren es Krankheiten, bei denen man kranke Menschen angefasst haben musste. Von einer Krankheit von der See hatte sie noch nie gehört. Sie hatte doch niemanden angefasst. Jedenfalls hatte sie noch nie jemanden mit dieser Krankheit getroffen. Eine

Krankheit, die man einfach so bekam, gab es sicher auch. Und das war dann wohl so eine. Sie hatte aber noch nie davon gehört. War das eine todbringenden Krankheit? Wie lange hatte sie noch zu leben? Würden die anderen sie über Bord schmeißen, wenn sie bemerkten, das sie krank war? Zwei hatten schon gefragt, was mit ihr sei. Natürlich hatte sie nicht zugegeben, krank zu sein. Tapfer stand sie aufrecht und schaute auf die See. Wenn sie was im Magen gehabt hätte … Oh je. An ihrem ersten Arbeitstag als Sandtaucherin würde sie an dieser seltsamen Krankheit der See sterben. Warum betraf es nur sie? Wo, oder bei wem, hatte sie sich nur angesteckt? Sie schaute sich vorsichtig um. Hier auf dem Schiff? Oder bei einem dieser Touristen von den Kreuzfahrtschiffen? Ja, bestimmt.

»Seekrank hä?«, fragte ein kleiner dünner Mann und knuffte sie nicht unfreundlich.

»Nee. Mir geht es gut. So seh` ich immer aus.« Rati versuchte ein Lächeln.

»Aha. Bei meinen ersten Fahrten war ich auch richtig doll seekrank. Jetzt geht es aber. Da brauchst du einige Fahrten, bis das vorbei ist.«

»Hahaha, kleine Zwergin. Du bist ja jetzt schon seekrank. Wir sind doch gerade erst los!« Mischte sich der Mann von gestern ein.

Die Anderen lachten über sie und machten dann viele schlechte Witze. Misstrauisch schaute Rati auf den Mann. Würde sie einfach so wieder gesund werden? Rati wurde aus ihren Gedanken gerissen, da das Schiff anhielt.

»Motor drosseln. Abschalten! Anker setzen! An die Eimer,

faules Pack. Es geht los. An die Reling. Los los!«, brüllte der Kapitän.

Der Motor wurde ausgeschaltet und das hektische Treiben an Bord zeigte ihr, dass es nun losging. Die Männer und Frauen befestigten ihre Seile am Boot und ihre Eimer am Handgelenk. Rati lernte schnell. Geschickt machte sie es den Erwachsenen nach und versuchte einen erfahrenen, routinierten Gesichtsausdruck vor zu täuschen. Hoffte sie zumindest. Beherzt sprang ein Sandtaucher nach dem anderen in das dunkle Wasser. Rati schaute angestrengt hinterher. Den Meeresboden mit dem Sand konnte sie beim besten Willen nicht erkennen. Auch als sie sich weit über die Reling beugte, konnte sie keinen Grund sehen. Die Taucher waren nach kürzester Zeit im Dunkeln verschwunden. Rati hielt in der linken Hand ihren Eimer fest und in der rechten Hand ihr Seil. Vorsichtig kletterte sie über die rostige Brüstung und stand mit ihren kleinen nackten Füßen auf der Außenseite. Schwarz und dunkel war das Wasser. Und so verdammt unruhig. Sie starrte in die Dunkelheit, starrte auf das Wasser, so hatte sie es sich nicht vorgestellt. Oh je, sie kotzte im hohen Bogen von der Reling.

Dann sah sie auch schon den ersten Taucher wieder hochkommen. Sah einfach aus. Runter mit leerem Eimer, rauf mit vollem. Schon Geld verdient. Sah sehr einfach aus. Also nahm Rati all ihren Mut zusammen und sprang ins Wasser. Es war viel kälter als erwartet – eiskalt. Schwarz. Unruhig. Schrecklich.

Nach nur zwei Zügen an dem Seil bekam Rati keine Luft mehr.

Wie weit denn noch? Sie konnte nichts erkennen. Rein gar nichts. Sollte sie weiter runter? Wie weit war es denn noch? Dritter Zug am Seil. Sie musste atmen. Luft. Sie brauchte Luft. Sie erstickte. Panik. Schnell rauf. Schneller. Rauf. Rauf. Da. Sie preschte an die Oberfläche und sog den Sauerstoff ein. Schluckte Wasser. Igitt. Salziges Wasser. Sie bekam keine Luft. Jemand packte sie und zog sie in das Boot. Keuchend und hustend lag sie da. Erbrach den Rest Meerwasser aus ihren Lungen und keuchte. So eine Scheiße. Das war also Sandtauchen? Da bekam sie niemand mehr runter. Scheiße. Das Meer war scheiße. Kalt, salzig, schwarz und gruselig. Absolut nichts für Rati. Sie würde nicht mehr ins Wasser gehen. Keine zwölf Löwen würden sie noch einmal da runterspringen lassen.

Abwechselnd sah sie die drahtigen Taucher von der Reling springen. Eimer für Eimer füllte sich der Bauch des Schiffes mit Sand. Die Stimmung jedoch wurde von Tauchgang zu Tauchgang schlechter. Hass in den Augen der Männer und der Frauen, die immer wieder in das dunkle Meer sprangen.

»Wir müssen für dich mitarbeiten. Kleine Zwergin.«

»Wir müssen die Ladeluken voll bekommen. Mit einem Taucher weniger als sonst. Wir machen deine Arbeit.«

»Faules Stück. Unser Lohn wird gering ausfallen!«

»Das wirst du bereuen.«

»Ich weiß, was ich mit dir machen werde.« Grinste einer der älteren Taucher zahnlos.

Jeder der kurz aus dem Wasser kam, fluchte und schimpfte über die dürre Zwergin.

Die Dämmerung kam gewohnt schnell und die Stimmung war aufgekratzt und heizte sich mehr und mehr auf. Acht Männer und zwei Frauen waren stinksauer auf Rati. Auf Rati und auf den Vorarbeiter, der die Niete an Bord gelassen hatte. Der war aber an Land geblieben. Der feine Herr.

»Komm her!« Einer der Taucher packte Rati am Arm und zog sie unsanft hinter die Eimersammelstelle. Rati schrie und strampelte. Ihr war sofort klar, was er vorhatte. Einer der anderen Männer stürmte entschlossen zu dem Täter. Rati hoffte einen kurzen Moment lang, dass dieser Mann ihr helfen wollte. Aber er wollte nicht ihr, sondern dem zahnlosen Mann helfen. Er hielt ihren Arme fest, damit sein Kumpel Rati in aller Ruhe missbrauchen konnte. Nachdem jeder der Männer zweimal seinem Trieb

nachgegangen war, lief das Boot
in den kleinen Hafen ein.

Rati war erschöpf, enttäuscht und
wütend auf sich. Wie konnte sie
so blöd gewesen sein? Alleine mit
den Männern. Sie wusste doch, wie
indische Männer ticken. Die
Frauen halfen ihr nicht, die
waren froh, dass sie nicht dran
waren. Tränen liefen Rati über
die Wangen. Sie war so enttäuscht. Enttäuscht von sich.
Schleppend suchte sie sich ihren
Weg nach Hause. Stolpernd und
humpelnd erreichte sie schließlich ihrer Pappe und Decke. Wie
konnte sie geglaubt haben, etwas
Besseres zu finden als Liem oder
die Müllkippe? Erschöpft, erniedr-
rigt und unendlich traurig ließ
sie sich auf ihre Pappe fallen
und zog die dünne Decke schützend
über sich. Ihr Unterleib schmerzte. Und, eigentlich überflüssig

es zu erwähnen, sie hatte einen Mordshunger. Kein Geld, kein Essen. Schmerzen. Selber schuld. Missmutig schlief sie erschöpft ein.

Sadhana öffnete ihre Augen und sah durch ihre seidenen, hauchdünnen Vorhänge die Schattenspiele der Äste vor ihrem Fenster. Glücklich räkelnd stand sie auf und schlüpfte diesmal in zartrosafarbene Pantöffelchen mit kräftig rosa Puscheln. Ihr blassrosa Nachtkleid harmonierte perfekt mit dem kurzärmeligen knallrosafarbenen Morgenmantel. Sie huschte über die teuren, seidigkühle Teppiche, die verteilt in der ganzen Villa lagen.

   Wie jeden Morgen lief sie schnurstracks zu ihren Eltern, die wie immer, am opulent gedeckten Frühstückstisch saßen.

Vater, wie sollte es auch anders sein, zeitunglesend und Mutter mit einem Teller köstlicher Früchte. Sie goss sich aus einer silbernen Kanne heißen Kaffee in eine kleine Porzellantasse. Anschließend versenkte sie drei Stück Zucker, die sie mit einer kleinen silbernen Zange vornehm anfasste, in der dunklen, herrlich duftenden Flüssigkeit. Mit dem abgespreizten kleinen Finger führte sie die Tasse formvollendet an die Lippen und schlürfte einen kleinen Schluck der heißen Köstlichkeit. Genussvoll spürte sie mit geschlossenen Augen den wohltuenden, süßen Kaffee ihre Speiseröhre heruntergleiten. Sie bewegte sich wie eine Göttin.

»Guten Morgen, mein Engel. Hast du einen ruhigen Schlaf gehabt?« Mama stellte ihre Tasse auf die Untertasse. »Hier nimm, eine

Erdbeere. Ich kann dir aber auch Süßigkeiten bringen lassen, wenn du lieber etwas Süßes zum Frühstück haben möchtest.«

»Weiße kleine Brötchen?« Mischte sich der Vater nun ein. »Oder doch lieber Trauben?«

Sadhana strahlte. Sie liebte ihre Eltern über alles. Sie konnte essen, so viel, wann und wo immer sie wollte. Sie war das glücklichste Mädchen auf der ganzen Welt. Klug, reich, schön, mit den besten Eltern der Welt. Was wollte ein Kind mehr? Was brauchte ein Kind mehr?

»Oh ja, Reisküchlein und Karamellbonbons!« Sadhana klatschte in die Hände.

»Hier mein Schatz.« Ihre Mutter öffnete eine mit Blumen verzierte Porzellan-Bonboniere. Sadhana nahm sich einen Bonbon, packte es aus und steckte es langsam und genüsslich in den Mund. Sie konnte sich immer noch mehr nehmen, wenn sie wollte. So viel sie wollte. Wann immer sie wollte.

»Lecker, Mama. Lecker. Du bist die Beste!«

»Und ich?«, protestierte der Vater. »Was ist mit mir?«

»Na, Papachen, du bist *der* Beste!« Sadhana strahlte ihren Vater an und sprang auf seinen Schoß. Das durfte sie immer.

»Was machen wir heute? Gehen wir heute an den Strand?«

»An den Strand willst du heute nach der Schule gehen? Natürlich. Wir mieten uns ein schönes Boot und fahren etwas raus.«

»Au ja. Wir drei. Sonst keiner. Ja?«

»Ja, natürlich, nur wir drei.«

Nach der Schule holte sie ihr Vater mit einem hellblauen Mercedes ab. Sie fuhren zum Strand und betraten ein großes blitzsauberes, weißes Boot mit weißen Segeln. Ihr Vater machte die Leinen los und schon segelte die kleine Familie auf die spiegelglatte See hinaus. Sadhana legte sich auf einen auf der Vorderseite des Schiffes, aufgestellten Diwane und genoss den Wind in ihren offenen langen, seidenen Haaren. Sie schloss die Augen und neigte ihr Gesicht zur Sonne. Die Gicht spritzte ihr ins Gesicht. Ungeduldig wischte sie sich das Wasser weg, doch es hörte nicht auf. Endlos spritzt es in ihr Gesicht, so dass sie nach Luft schnappen musste und erwachte.

Liem lachte laut. Er schüttelte sich vor Lachen. Schüttelte seinen Penis und grinste. »Wie doof du im Schlaf grinst. Und grinsend wischst du meine Pisse

weg. Du bist so dämlich.« Liem
lachte erneut.

Rati war entsetzt. Liem hatte
doch tatsächlich auf ihr Gesicht
gepinkelt. Ekelhaft. Das war
selbst für Liem schändlich. Rati
schämte sich. Schämte sich
entsetzlich. Wie konnte er nur.
Bei Touristen konnte sie
wenigstens Geld oder Süßigkeiten
dafür verlangen, aber bei Liem
blieb ihr nichts anderes übrig,
als die Gleichgültige zu geben.
Sie musste den gestrigen Tag erst
mal verdauen. Sie musste
aufzustehen und mit ihm zur
Arbeit zu gehen. Keine schöne
Aussicht. Sie mochte Liem immer
weniger.

»Steh auf. Es gibt Arbeit. Im
Hafen hat ein großer Touribunker
angelegt.«

Touribunker waren große
Schiffe, auf denen sich sehr
viele weiße Touristen befanden.

Auch Frauen. Da konnte man sich einige Rupien erbetteln, manchmal auch Dollars, Pfund oder Euros. Auch der ein oder andere Freier machte dort gern eine schnelle Nummer. Manche hatten Geschenke dabei, die sie einfach so wahllos an Kinder verteilten. Kugelschreiber, Buntstifte und verschiedene Leckereien. Abends gingen sie wieder an Bord und blieben dort.

Rati beeilte sich. Waschen war heute nicht angesagt. Je schmutziger und je elender sie aussah, je mehr Geld gaben diese Menschen. Dann war es ja gut, dass Liem sie angepinkelt hatte. So stank sie und sah noch bemitleidender aus. Liem hatte das also nur gemacht, damit Rati mehr Geld erbetteln konnte. War ja doch ein guter Kerl. Liem hatte immer nur das Beste für sie im Sinn. Oder nicht?

Heute brauchte sie sich auch nicht zu verstellen. Die letzten Tage hatten ihr sehr zugesetzt. Sie hatte großen Hunger, ihr taten alle Knochen weh und fühlte sich entsprechend hundsmiserabel. Wenn sie sich hätte sehen können, sie hätte sich vor sich selbst gefürchtet. Dünn, blass, hohle Wangen, schwarzen Augenringe, aufgeplatzte Lippen, einem Hungerbauch und spindeldünnen Armen und knochigen Beinen. Ihr Körper war übersät mit blauen Flecken von den gestrigen Vergewaltigungen. Die Männer waren nicht zimperlich mit ihr umgegangen.

»Du wirst heute nur betteln! So wie du aussiehst, will dich sowieso keiner ficken. Was hast du gestern nur gemacht? Wenn ich rausfinde, dass du auf eigene Rechnung bumst, setzt es was.« Um seiner Worte Nachdruck zu verleihen, schlug Liem mit seiner Faust in seine Hand. »Du weißt ja, die von den Schiffen kommen immer im Rudel. Da kommt keiner zum Ficken. Keine Zeit und zu viele Augen. Also geh´ betteln!« Er schupste sie, damit sie schneller ging. Hastig nahm er einen tiefen Zug aus seiner Tüte. »Heute nur betteln. Aber streng dich an! Du warst schließlich ein paar Tage nicht da. Glaubst du wirklich, ich merke nicht, wenn du weg bist? Verdiene gefälligst was, sonst setzt es was. Du kannst mir nicht entkommen. Kannst nicht einfach wegbleiben. Glaubst wohl, du kannst Ferien machen? Oder kassierst du auf eigne Rechnung?« Er lachte wieder sein, mittlerweile, zahnloses Lachen und nahm erneut einen Zug.

Das große weiße Schiff war schon von Weitem zu sehen. Ein Strom von Menschen in heller Kleidung mit Hüten in allen Größen und Farben auf dem Kopf ergoss sich aus dem seitlichen Maul des Bunkers. Rati beeilte sich, um eine gute Stelle zu finden und in Position zu gehen. Sie setzte sich auf ein Stück schmutzige Pappe, zog die Knie seitlich an und zeigte ihr traurigstes, weinerlichstes Gesicht.

Heute, bemerkte sie, brauchte sie sich überhaupt nicht anzustrengen. Ihr war elendig zumute. Der Bauch tat furchtbar weh, die Beine, die Arme, ihr ganzer Körper schmerzte. Eine kaputte gelbe Plastikschüssel diente dazu, das erbettelte Geld einzusammeln. Beflissentlich achtete sie darauf immer nur wenige, kleine Münzen in der Schüssel zu lassen und die vereinzelten Dollar- und Euroscheine sofort in ihre

Unterhose zu stecken. Vereinzelt gab es auch Pfundnoten. Liem würde zufrieden sein. Die Touris gaben tatsächlich viel. Vielleicht konnte sie ja was verstecken. Obwohl, wenn Liem das herausbekäme, gäbe es richtig Dresche. Liem soll ja schon einmal ein Mädchen totgeschlagen haben. Früher hatte sie das nicht geglaubt, heute war sie sich da gar nicht mehr so sicher. Zum Glück gaben auch manche Touris was zum Essen. Eine dicke Dampfnudel mit Gemüse drin, einen halben Burger, eine Banane, eine Tüte Pommes, ein paar Bonbons, etwas Schokolade, Kekse, ja sogar zwei Kaugummis und eine kleine Flasche süße Limonade. Sie liebte Limonade. Besonders die Gelbe. Alles im allen war sie an diesem Tag seit langem Mal wieder richtig satt. Nur,

Karamellbonbons hatte niemand gegeben. Schade.

Rati legte sich unter ihre löchrige Decke und versuchte zu schlafen. Unruhig wälzte sie sich. Vor ihren halbgeschlossenen Augen sah sie die Erscheinung einer Göttin, die sich unmittelbar über ihrer Schlafstätte befand. Es musste eine Wassergöttin sein, die aus ihrem Schiff aus Wasser auf sie gütig herunter sah. Die Erscheinung schwebte circa drei Meter über Rati und schaute mit liebevollen, runden, hellbraunen Augen voller Mitgefühl auf Rati. Rati sah ihr in das europäische anmutende Antlitz. Sie waren wunderschön, so sanft und friedlich. Diese Erscheinung gab Rati Gewissheit: Sie wurde geliebt – von einer Wassergöttin. Zuversicht durchströmte ihren

ganzen Körper – ihr, und ihrem
ungeborenem Kind, würde nichts
geschehen. Sie streichelte ihren
Bauch und flüsterte in die Nacht
hinein: »Du wirst es einmal gut
haben.Alles wird gut.« Zufrieden
schlief sie lächelnd ein.

# Kapitel 12 Der LKW

Der alte LKW mit dem Roten Kreuz
auf weißen Grund fuhren wieder
mal durch die Straßen der Armen.
Durch die Straßen, auf denen
Tagelöhner, Bettler und Obdachlose ihr Dasein fristeten.
Obdachlose Frauen und Männer
wurden eingesammelt. Einige
sprangen sofort auf die Ladefläche, anderen wurde nach einem
kurzen Gespräch hochgeholfen.

Rati schaute Liem fragend an.
»Warum nehmen die die Leute mit?
Was machen die? Wo bringen sie
die Menschen hin?«

»Vor die Stadt.«

»Warum?«

»Da sind Zelte mit ganz vielen
Ärzten.«

»Was machen die da?«

»Kostenlose Untersuchungen, Impfungen und Vasetokti?«

Rati schaute Liem ratlos an? »Was wird denn gesucht?«

»Wie gesucht? Es wird doch nichts gesucht, Dummerchen. Untersucht.«

»Und was heißt das?« Rati wurde etwas ungeduldig.

»Na, Ärzte untersuchen dich, ob du gesund bist, oder eine Krankheit hast, die du vielleicht noch nich´ bemerkt hast.«

»Ach so. Aber ich merke doch, wenn ich krank bin. Und was ist Impung?«

»Impfung«, korrigierte der, in Ratis Augen, allwissende Liem. »Ich glaube, so was wie ein Stärkungsmittel. Damit du nicht mehr krank werden kannst.«

»Ehrlich? Kostet das was?«

»Nein, auch nicht die Vasetokti. Das ist ja das Gute daran.«

»Und was ist das?«

»Ich habe genau nachgefragt. Das ist das Beste. Der Weißkittel sagte mir: Du wirst kein dummes, armes oder behindertes Kind zeugen können. Ein Segen für Indien! Toll was? Alle Männer werden kostenlos gevastokt. Ich kann jetzt nur noch kluge, gesunde und reiche Kinder zeugen.« Bei den letzten Worten schlug er sich auf die Brust und nahm anschließend wieder einen Zug aus der immer gegenwärtigen Tüte. »Ich habe allen auf der Straße davon erzählt!«

Das hörte sich gut an. Kostenlose medizinische Versorgung. Aber Rati war misstrauisch, trotz der Begeisterung, die Liem an den Tag legte. In den Soapoperas, die sie aus dem Fernseher kannte, waren Ärzte immer reiche, schöne Menschen. Ob die tatsächlich Obdachlose kostenlos behandelten?

Schwer zu glauben. Und die wahre Bedeutung einer Vasektomie war weder Liem, Rati noch irgendjemanden anderem auf der Straße bekannt.

Murakha kam ohne Rati in der großen Stadt ganz gut zurecht. Sie hatte schon vor Jahren einen Schlafplatz bei den Bettlern bekommen. Sie war eine gute Bettlerin. Ihr entstelltes Gesicht und ihre schlechte, körperliche Verfassung bescherten ihr ein bescheidenes Einkommen. Niemand interessierte sich für das dürre Mädchen, sowie sich Murakha auch für niemanden anderen interessierte. Das Leben war einfach. Betteln, essen, betteln, schlafen. Keine Hexe, die sie für Videoaufnahmen zu den fiesen Männern schickte. Die sie würgten, schlugen und vergewaltigten, nur um einen Film zu drehen. Sie hatte Rati nie erzählt, dass der Teppichhändler oft selber gefilmt hatte. Deshalb wollte sie auf keinen Fall zu seinem Haus. Dieser Liem hatte denselben Blick wie diese gewalttätigen Männer. Aber Rati wollte ja nicht auf Murakha hören. Andererseits war Rativiel klüger als Murakha. Murakha wollte nur ihre Ruhe. Ihre Besuche bei Rati wurden mit den Jahren immer seltener und ihr letztes Treffen lag schon Monate zurück.

Unter den Bettlerinnen wie auch unter den Bettlern gab es eine große Konkurrenz. Die besten Plätze waren immer schon von den Männern besetzt. Je krüppliger diese waren, desto besser der Platz. Dann kamen die Ehefrauen der Männer. Die neuen und jungen Mädchen mussten sehen, wo sie blieben. Die jungen Frauen verstümmelten ihre Kinder. Brachen ihnen die Beine, die Arme, stachen ihnen ein Auge aus oder zerschnitten ihnen das Gesicht. Je bemitleidenswerter das Aussehen, desto mehr Verdienst. Es gab doch tatsächlich eine Bettlergilde. Sie musste einen Teil ihrer Einkünfte an den Vorsitzenden der Bettlergilde abgeben, sonst würde man sie verprügeln und verscheuchen. Wenn man mehrmals nicht bezahlte konnte es sein, dass man ermordet wurde. Das war kein Spaß. Alles schon vorgekommen. Aber sie zahlte und bekam dafür ihre Ruhe. Unberührbar und unsichtbar. Im Großen und Ganzen kein schlechtes Leben. Sie hatte Schlimmeres erlebt. Viel Schlimmeres.

Die Jahre vergingen, ohne dass sich etwas veränderte.

Gleichklang und Monotonie, Murakha fand das gut. Alle paar Monate fuhr neuerdings ein LKW mit weißen Planen und einem großen, Kreuz darauf durch die Straßen und sammelten Obdachlose auf. Sie brachten sie weg. Wohin? Keiner wusste eine Antwort. Murakha hielt sich lieber fern.

»Hey, Schiefgesicht.« Ein Bettler sprach Murakha nicht unfreundlich an. Murakha reagierte wie immer, wenn sie angesprochen wurde. Sie zuckte zusammen und zog ihren Kopf tief zwischen ihre Schultern.

»Oh, nein, hab` keine Angst«, beschwichtigte er.

»Das sage´ alle«, antwortete Murakha kleinlaut.

»Nein, wirklich, ich bin nicht so einer. Ich will dir nur einen Tipp geben.«

»Einen Tipp? Ich b´auche keine´ Tipp. Mi´ geht ` gut!« Murakha bekam Angst.

»Entschuldigung. Ich wollte dich nicht ängstigen. Ich will dir nur von dem LKW erzählen.«

»Dem Weißen?«

»Ja. Weißt du etwas darüber?«

»Nein. Nu´, sie b´ingen die alle wech. Niemand kommt wiede´.«

Der Mann grinste. »Nun, ich bin zurück.«

»Aha. Und?« Murakha wusste nicht so recht, was sie davon halten sollte. Warum erzählte er ihr das?

»Ich will dir helfen. Du siehst nicht gesund aus. Der LKW fährt vor die Stadt. Da sind große Zelte. Da sind Ärzte aus dem Ausland. Sie untersuchen jeden.«

»Untersuchen? Was such´ die? Unter was?« Murakha zog ihren Sari etwas enger um sich.

»Untersuchen bedeutet, sie
gucken, ob du krank bist. Sie
untersuchen, ob dir was fehlt.«

»Ich bin nich´ krank. Und ich
habe alles, was ich b´auche, mehr
fehlt nix.« Sie zeigte ihre Arme
und Finger. »Alles da!«

Der Mann bemerkte, dass Murakha
ihren Namen zu Recht trug.
»Natürlich hast du alles. Die
Ärzte schauen nur nach, ob du
keine Krankheit hast. Manche
Krankheiten bemerkt man nämlich
gar nicht, erst wenn es zu spät
ist.«

»Zu spät?«

»Ja. Wenn du so krank bist,
dass du es merkst, dann kann man
dir nicht mehr helfen und du
musst elendig sterben.«

»Kostet das was?« Murakha
wusste, dass Ärzte sehr teuer
waren. Zu teuer für Bettler.

»Das ist ja das Beste. Die
Ärzte sind Ausländer. Sie wollen

armen Menschen helfen. Einfach
so. Aus Güte.«

»Aus Güte?«

»Ja, einfach aus Güte.
Vielleicht wollen sie sich ja von
schlechten Taten reinwaschen.
Oder sie dienen einer Göttin, die
das von ihnen verlangt. Ist doch
egal.«

»Wohe´ weißt du das? Habe´ sie
di´ geholfen?«

»Oh ja. Die haben mich
gründlich untersucht. Blut
abgenommen und Pipi abgenommen
und nachgesehen, ob da was drin
ist, was mich krank macht.«

»Blut und Pipi?«

»Ja. Die haben komplizierte und
teure Geräte da, wo sie das
reintun. Dann sagt das Gerät, ob
du was hast.«

»Ehrlich?« Murakhas Augen
weiteten sich.

»Ja. Ich habe Tabletten bekommen und bin operiert worden.«

»Operiˊt?« Nun stand auch Murakhas Mund offen.

»Ja, sie haben festgestellt, dass eine meiner zwei, ja ich hatte zwei Nieren,« dabei erhob er theatralisch zwei seiner Finger, »kaputt war. Wenn die nicht entfernt worden wäre, wäre ich gestorben. Die haben sie mir rausgeschnitten. Stell dir vor! Hier!« Voller Stolz zeigte er seine lange Narbe unter seinem Hemd. »Davon habe ich nix gemerkt. Weder dass sie krank war noch wie sie die Niere rausgeschnitten haben. Ich habe geschlafen. Ganz fest. Als ich wach wurde, war ich geheilt. Stell dir vor! Ich wäre jetzt bestimmt schon tot.«

»Aber waˊum erzählst du mir das?«

»Na, weißt du, aus Güte. Mir hat man geholfen. Ich habe gar nicht gewusst, wie krank ich war. Dann haben sie noch eine Vasek-Irgendwas gemacht. Damit ich keine dummen, kranken oder behinderten Kinder mehr zeugen kann. Gut was?« Der Mann grinste zahnlos. »Jetzt kann ich nur noch kluge und gesunde Kinder zeugen. Gut was? Willst?«

»Nein!«, schrie Murakha schrill. »Nein. Hau ab!« Augenblicklich fing sie an zu zittern und trat einen Schritt zurück.

»Ach, war doch nur Spaß. Ehrlich. Ich dachte nur, wenn der LKW wieder rumfährt, steig ein. Mal eine ärztliche Untersuchung tut dir bestimmt gut.«

»Ich überleg´ es mir.«

»Mach das. Ich bin dann mal weg. Vielleicht sieht man sich ja mal. Bist sicher auch immer in der Nähe des Tempels.«

Murakha nickte und war froh, als dieser seltsame Mensch nun endlich ging. Sollte da etwas Wahres dran sein?

Es dauerte Wochen, bis der weiße LKW wieder auf den Straßen erschien. Der Beifahrer stieg aus und ging neben dem LKW her. Alle, die seinen Weg kreuzten, sprach er an. Murakha nahm ihren ganzen Mut zusammen und trat dem Mann in den Weg.

»Hallo«, freundlich lächelnd wendete sich der Mann an Murakha. »Möchtest du mitfahren? Wir untersuchen alle Menschen, die auf der Straße leben. Warst du schon mal bei einem Arzt? Wurdest du schon mal untersucht?«

Völlig eingeschüchtert zog Murakha den Kopf zwischen ihre

Schultern und schüttelte ihn langsam.

»Noch nie. Tut da´ weh?«

»Nein. Ganz bestimmt nicht. Steig ein, warte, ich helfe dir.« Der Mann hielt ihr einen kleinen Hocker hin, damit sie bequemer einsteigen konnte. Obendrein hielt er ihr seine Hand hin, damit sie sich darauf stützen konnte. Vor Verlegenheit bekam sie ein rotes Gesicht. So viel Freundlichkeit war Murakha nicht gewohnt. Mit hochgezogenen Schultern setze sie sich vorsichtig auf eine Pritsche.

Schaukelnd kämpfte sich der LKW fast eine Stunde durch die Straßen der Stadt, um anschließend auf einer Landstraße weiter zu schuckeln. Scheinbar endlos schien der staubige Weg durch das ausgetrocknete Gebiet. Völlig durchgerüttelt und gerädert erreichten sie die Zelte.

Kaum hielt der LKW, kamen auch schon zwei Helfer zur Ladefläche gelaufen.

»Bitte hier herüber.« Winkend stand eine junge Frau vor den Angekommenen. »Hier bitte die Frauen aufstellen. Wir gehen gemeinsam zum dritten Zelt. Nur die Frauen mit mir bitte.« Mit großen Gesten leitete die junge Assistentin die vier Frauen zum Zelt.

Im Zelt war es etwas kühler und es roch sauber. Alles war blitzsauber. Der Tisch, die Stühle, die weißen Zeltwände, die Kittel der Menschen, einfach alles. Murakha hatte so etwas noch nie gesehen. Nur im Fernseher. Sie spürte ihr Herz bis zum Hals schlagen und schluckte nicht mehr vorhandene Spucke. Wie aus einem Traum gerissen, bemerkte sie, dass man sie ansprach.

»Ihr Name bitte.« Der Mann am Tisch hielt ein Blatt vor sich und schrieb alles nieder, was gesagt wurde.

»Was?«

»Na, ihren Namen.«

Murakha wurde ganz heiß. Ihr Name? Ja, wie war der? Seit ihre Eltern und ihr Onkel sie an den Teppichhändler verkauft hatte, nannten alle sie nur Murakha. Sie konnte sich nicht mehr erinnern. Sie nagte mit ihren krummen Zähnen an ihrer Unterlippe. Wenn sie keinen Namen hätte, würde man sie bestimmt wieder wegschicken. Sie konnte schlecht »die Dumme« sagen. Sie begann zu zittern.

»Oh, es geht ihnen nicht gut. Setzten sie sich. Ich mach erst einmal mit den zwei anderen weiter.« Routiniert arbeitete er weiter.

»Priyanka Chopra«, platzte es
aus Murakha plötzlich heraus.

»Ah, wie schön, wie die
berühmte Schauspielerin.«

»Ja«, strahlte Murakha.
»Priyanka Chopra.«

Das war ab heute ihr Name. Nie
wieder Murakha.

»Wie alt sind sie?«

»Achtzehn Jah´e.« Murakha war
sich nicht ganz sicher, aber
fast.

»Wo wohnst du?«

»Mal hie´, mal da.«

»Ok. Also ohne festen
Wohnsitz.«

»Deine Eltern?«

»Tot.«

»Verwandte?«

Murakha dachte an ihren Onkel.
Der hatte , nachdem er sie
verkauft hatte, nie wieder sehen
lassen. Sie kannte nicht einmal
mehr seinen Namen. Sie schüttelte
deshalb nur den Kopf und

flüsterte: »Keine Verwandte. Ich bin allein`.«

»Ehemann? Kinder? Einen Freund? Jemand, den wir benachrichtigen können, wenn etwas sein sollte?«

»Nein. Ganz allein´. Ich kann für mich selbe´ so´gen.« Trotz lag in ihrer Stimme.

Nachdem die vier Frauen registriert waren, gingen die Assistenten weiter ins Zelt hinein. Murakha wurde von den anderen Frauen getrennt.

Ein junger Arzt schaute durch seine Brille auf Murakha. »Ist sie das?«

Um die Frage zu beantworten, überreichte der Assistent das Aufnahmeformular.

»Ja. Sehr gut. Das passt. Bitte bringen sie Frau Chopra in das Untersuchungszelt fünf.«

»Sehr wohl. Sofort. Bitte Frau Chopra folgen sie mir.«

Murakha errötete schon wieder. Die klugen Männer sprachen sie mit so viel Respekt an. Sie nannten sie Frau Chopra, Murakha schwirrte der Kopf. Vielleicht war sie aber auch nur etwas dehydriert. Den Namen hatte sie tatsächlich von einer wunderschönen Schauspielerin. Ein besserer Name war ihr nicht eingefallen.

Im Untersuchungszelt fünf wurde Murakha zum ersten Mal in ihrem Leben untersucht. Sie hatte alles schon einmal im Fernsehen gesehen. Das Abhören, Blutdruck messen, Urin abgeben und die Blutabnahme. Murakha fühlte sich wichtig, stolz und fühlte sich zum ersten Mal in ihrem Leben wertgeschätzt. Noch nie war sie der Mittelpunkt solch großer positiver Aufmerksamkeit.

»Bin ich gesund?« Ihre Stimme klang vor lauter Schüchternheit ganz pipsig.

»Das kann ich ihnen noch nicht sagen, Frau Chopra. Wir können ihnen erst nach dem Blutbild und der Urinuntersuchung Genaueres sagen. Wir sollten noch einen Abstrich und eine Stuhluntersuchung machen. Nur, um sicherzugehen.«

»Ja, gut.« Murakha, oder besser Frau Chopra, hatte zwar nicht genau verstanden, was der junge Mann sagte, aber das war ihr egal. Sie vertraute ihm. Wie in ihren Serien. Ärzte sind immer gut, klug und wollten nur das Beste, dessen war sie sich vollkommen sicher. Er trug schließlich einen blütenweißen Kittel und eine Brille.

Wenig später kam ein junger, gutaussehender Arzt und gab ihr eine Spritze. Sie sollte sich etwas hinlegen und ausruhen. Murakha war selig. Ein richtiges Bett mit einer neuen, sauberen Matratze. Eine weiße Decke und ein kleiner Nachttisch. Wärme durchflutete ihren Körper, müde wurde sie, unendlich müde. Glücklich schlief sie ein.

Zwei weitere Herren in weißen Kitteln gesellten sich zu der Patientin. Einer schloss Murakha an eine Infusion mit einer Nährstofflösung und einem leichten Betäubungsmittel an. Ein anderer fasste ihr ins Gesicht und sprach: »Hier, die Nase können wir begradigen und den Kiefer«, er wackelte Murakhas Kinn hin und her, »können wir einrenken.« Mit seiner rechten Handfläche drückte er kräftig das Kinn in die richtige Lage. Mit einem lauten Knacken rastete der Kiefer zurück in die richtige

Position. Murakha aber erwachte nicht.

»So, das war es schon. Für die Nase brauche ich auch kein OP-Zelt. Ich muss sie nur noch mal brechen und dann eingipsen, damit sie wieder einigermaßen gerade wird.«

»Warum die Mühe? Ist doch egal, wie die aussieht. Die kommt eh nicht mehr auf die Straße.«

Der Mann drehte sich um und meinte: »Stellen sie sich nicht so dumm an. Sie wird wesentlich besser atmen können. So etwas beugt Komplikationen vor. Sie wird sicher lange bei uns bleiben. Meinen sie nicht auch?«

»Ja, ja, sie haben recht. Da habe ich gar nicht dran gedacht. Okay. Okay. Lassen sie uns diese Patientin jetzt verlegen.«

Schweigend wurde Murakha von zwei Pflegern mitsamt ihrer Infusion in einen

Krankenhaustransporter befördert
und weggefahren.

# Kapitel 13 Das Haus Mutter Maria

Rati fasste sich an den Unterbauch und torkelte die staubige Straße entlang. Gleich würde sie an der schönen weißen Mauer des großen Hauses angekommen sein. An dem Haus stand in großen Buchstaben, so hatte man ihr gesagt, Mutter Maria. Sie würde klopfen und um Hilfe bitten, in einem Haus, das Mutter hieß, musste man ihr doch helfen.

Seit Tagen hatte sie die freundlichen und hilfsbereiten Nonnen beobachtet. Sie kannte die grauen Kleider der Nonnen. Sie hatte sie schon einmal gesehen. Vor vier Jahren, als sie von der Teppichknüpffabrik fortgelaufen

war. Ein Bus, mit zwei grau
gekleidete Nonnen. Damals dachte
sie, es hätte sich bei der
Kleidung um die Uniform
weiblicher Gefängniswärterinnen
gehandelt. Rati hatte sich eines
Besseren belehren lassen, sie
wusste nun, dass es sich um
Nonnen handelte, die ihr bei der
Geburt sicherlich helfen würden.
Sie kannte ja niemanden sonst.

Liem hatte sie, als sie zu
unförmig wurde, einfach
weggeschickt. »Du vergraulst alle
Freien, mach das du wegkommst.
Lässt sich schwängern! Wie blöd
bist du?« Das waren seine letzten
Worte gewesen. Zutiefst
enttäuscht und todtraurig war sie
weggeschlichen und beobachte wie
Liem erneut wenig später zwei
junge Mädchen ansprach und
Versprechungen machte. Er fand
also sehr schnell Ersatz für
Rati.

In den letzten zwei Monaten hatte sie sich durch Betteln ernährt. Durch die Schwangerschafthormone war sie zuversichtlich und völlig angstfrei geworden. Sie war bereit, ihr Kind zu bekommen. Keine zwanzig Meter vor dem Tor des Grundstücks wurde sie erneut von einer Wehe gestoppt. Mit einer Hand stützte sie sich an der grob verputzen Mauer ab, als sie das Fruchtwasser an ihren Beinen entlang fließend bemerkte. Begleitet wurde dies mit einem stechenden, ziehenden Schmerz einer heftig einsetzenden Wehe. Rati stürzte auf die Knie und stöhnte leise. Sie war Schmerzen im Unterleib gewohnt, aber das war eine andere Kategorie. Sie wollte schreien, hielt sich aber mit der linken Hand den Mund zu. Wer weiß, welche Gestalten dann nachts über sie herfielen. Der

Schmerz schien sie zu zerreißen. Nein, er schien sie nicht zu zerreißen, er riss sie tatsächlich auseinander. Ihr Körper war zu jung, zu unausgereift und zu klein, um ein neues Leben gefahrlos zu gebähren. Ihre Unterernährung und ihr schlechter Gesundheitszustand forderten nun seinen Tribut. Vierzehn Jahre war sie alt, ihr Körper aber zart wie der einer zwölfjährigen.

Sie versuchte, eine Hockstellung einzunehmen, und presste wie verrückt. Ihre Wehen kamen schnell hintereinander, ohne Pause, in einer Intensität, die sie fast ohnmächtig werden ließ. Aber sie wollte ihr Kind auf die Welt bringen. Ein starkes Kind. So wie sie. Sie presste wie von Sinnen. Mit einer letzten – ihr erschien es wie die längste – Wehe flutschte der Säugling in die Straßenrinne. Erleichtert beugte sie sich zu ihrem Kind und biss nur wenig später die Nabelschnur durch. Die Nachgeburt ließ nicht lange auf sich warten und plumpste ebenso auf die Straße, wie vorher der Säugling.

Ein Mädchen. Langsam nahm sie das kleinen Wesens auf und schaute es an. Augenblicklich füllten sich ihre Augen mit Tränen, denn sie blickte in strahlend blaue Augen. Ein Leuchten ging von diesem Kind aus. Das Mädchen hatte eine helle, makellose Haut. Rati lächelte. Sie wird es besser haben. Sie hat helle Haut und blaue Augen. Mit dieser Gewissheit schloss Rati die ihren und fiel in einen tiefen Schlaf. Sadhana tanzte auf weißen Wolken mit der Wassergöttin.

»Sieh mal! Heilige Mutter Gottes. Schnell, das arme Ding.«

Aufgeregt liefen zwei indische Nonnen der Mutter-Maria-Kirche, die das Stöhnen Ratis gehört hatten, zu der jungen Mutter.

»Sie hat gerade ein Kind geboren, ein Mädchen, schnell, wir müssen ihr helfen«, rief Schwester Agnes ihrer Mitschwester Magdalene zu.

Verwirrt öffnete Rati ihre Augen. Kraft- und widerstandslos ließ sie die Hilfe, die sie ihr zuteilwerden ließen, geschehen. Mit einem Handy holten die Nonnen Hilfe. Zwei Männer brachten sie zum Hospital der Mutter-Maria-Kirche. Sie legten Rati auf eine Matratze, die auf dem Boden lag. Ihre Tochter, Sadhana, brachten sie weg. Erschöpft schlief sie ein.

Eine Woche später war Rati leidlich ausgeruht. Eine Infusion am Arm und eine leergegessene Reisschüssel zeugten davon, dass es ihr wieder gut ging. Sie war auf dem Weg der Besserung. Alles um sie herum war sauber, hell und roch gut. Die Schwestern waren sehr nett zu ihr und eröffneten ihr die Gelegenheit, lesen und schreiben zu lernen. Und das freute sie besonders: Sie bekam weiterhin die Möglichkeit, nähen zu lernen, damit sie mit einer eigenen Nähmaschine ihren Lebensunterhalt verdienen konnte.

Rati schaute abwechselnd auf ihr süßes Mädchen, das schlafend in ihren Armen lag, und auf die Pfaff. Ihre Mama hatte eine Singer besessen. Sie wollte damals in ihre Fußstapfen treten, und nun hatte sie tatsächlich die Gelegenheit dazu. Die Erinnerung an ihre Mutter war inzwischen verblasst. Fleißig war sie und ihre Umarmungen waren warm und voller Liebe gewesen. Und obwohl sie so fleißig war, hatte sie

Rati als kleines Mädchen abgeben müssen, und war früh gestorben. Wiederholte sich das Schicksal? Beinahe war sie auf der Straße bei der Geburt von Sadhana gestorben. Konnte sie ihrer Tochter ein sicheres Leben bieten? In dieser Gesellschaft? Würde sie ein besseres Leben ohne Hunger und Gewalt erwarten?

Eine Nonne im obligatorischen grauen Kleid trat ein und fragte: »Und Rati? Hast du dich entschieden? Die Eltern könnten in zwei Tagen hier sein.«

»Schon?«

»Ja. Je länger du wartest, je schwerer wird es für dich sein.«

»Nur zwei Tage.« Ängstlich blickte sie abwechselnd auf ihrer Tochter und die Nonne.

»Das Ehepaar kommt aus Amerika, sie ist Halbinderin und er ein waschechter Amerikaner.« Die Nonne strahlte und war sichtlich stolz, für Ratis Tochter so ein gutes Ehepaar gefunden zu haben. »Sie sind ganz aufgeregt und freuen sich schon sehr auf Sadhana.«

Rati hatte waschechte Amerikaner kennengelernt, sagte aber lieber nichts über die Erfahrungen mit diesen Männern. Rati seufzte – ein Stein auf ihrer Brust schien ihr die Luft zum Atmen zu nehmen. Dann streichelte sie das zarte Köpfchen in ihren Armen. Das amerikanische Ehepaar wird Sadhana lieben, sie wird sie genauso anbeten wie Rati, ihre leibliche Mutter. Ihre Tochter wird nie hungern müssen. Bekommt medizinische Versorgung. Schule! Sie wird auf eine feine Schule gehen. (Mit den Jahren war Rati immer bewusster geworden, wie wichtig eine Schulbildung in dieser Welt ist.) Ihrer Tochter wollte sie all das ermöglichen. Ihre Entscheidung stand fest. Sadhana würde in einer Gesellschaft groß werden, in der es für Mädchen eine Gelegenheit gibt, ein zufriedenes Leben zu führen. Eine Träne im Auge, aber mit großer Entschlossenheit übergab sie die Kleine liebevoll der Nonne.

Schon wenige Tage später ging Rati in einem baumwollenen Sari durch eine Halle, in der sie und vier weitere Mädchen an Nähmaschinen saßen und verschiedene Nähte einübten. Sie hatte immer insgeheim gehofft, etwas Sinnvolles in ihrem Leben zu machen.

Ihre Erinnerungen an die Zeit bei ihrer Mutter waren fast vollständig verblasst. Nur noch das zufriedene, wohlige Gefühl war immer noch da, wenn sie an ihre Mutter dachte. Vielleicht,

wenn sie einen netten - wirklich
netten - Mann kennenlernen würde,
könnte sie eine Familie gründen
und — wenn auch nicht ganz so wie
in ihren Träumen - ein
bescheidenes Familienleben
führen. Rati, die Zufriedene, war
zufrieden.

ENDE

## Nachtrag

Rati, die Zufriedene ist zufrieden. Sie wird das Nähen erlernen und ihren Lebensunterhalt nicht mehr mit ihrem Körper verdienen müssen. Sie kann sich erholen und sich eine Zukunft aufbauen - in der Gewissheit, ihrer Tochter ein besseres Leben ermöglicht zu haben.

LeserInnen, die »Kristel - Es ist in uns« kennen, werden die Protagonistin Regina erkannt haben. Warum aber ist Regina in Indien?

Was wird aus Murakha? Hat sie endlich etwas Glück in ihrem Leben gefunden? Ihr Kiefer und ihre Nase wurden gerichtet. Sie kann wieder besser atmen,

beziehungsweise beatmet werden...
was steckt dahinter?

Die Auflösung finden sie im
nächsten Abenteuer von Regina und
Kristel. »Kristel - Es bleibt in
uns«

# KRISTEL-

## Es ist in uns

Inhalt:

Eine stürmische Nacht. Regina war bei einer Freundin und ist auf dem Weg nach Hause. Im Park stürzt sie über ein schemenhaftes Gebilde: Es ist Kristel, mit der sie auf eine gefahrvolle Mission geht. Bald ist ihr ein Berufs-killer auf den Fersen. Altbekann-tes wird mysteriös, Selbstver-ständliches außergewöhnlich und Regina wächst über sich hinaus. Etwas ist auf dieser Erde, unter uns, in uns und das ist nicht von dieser Welt.

2. Auflage 2021

Vorankündigung:

# Kristel-

# Es bleibt in uns

Ein harmloses Axolotl, ein zerebrales Organoid, Kapselspritzen und Menschen, die Niemand vermisst. Regina auf den Spuren eines Organhandelsrings, der vor nichts zurückschreckt.